Droppteorin

Droppteorin
Terraformare

Terraformare
Det här är den tredje och sista delen i treologin Droppteorin.

Terraformare

Förlag och tryck: BoD
ISBN: 978-91-7463-708-3

Droppteorin

Terraformare

Prolog: *Första kontakten*

Materialteamet har gjort ett strålande jobb när det gäller konstruktionen och samspelet mellan Jan och teamet. Jan klev ur sin snälla skepnad likt en ulv som kliver ur sin fåra hud. Men det behövdes ansåg Jeannette och lät det hela bero. Maria gick tyst och ensam en liten promenad på skeppet Terra Goova, skeppet som ska ta dem tiotusentals mil bort mot ett osäkert mål. Kanske de aldrig kommer fram under deras livstid, kanske att deras arbete som är gjort och kommer att göras under resan endast är en grundplåt för kommande generationer. Man får utgå ifrån att universum är krökt likt en vattendroppe och det som håller ihop droppen är en form av ytspänning.

Nästa fråga är vad som finns utanför droppen? Är det ett enormt tomrum där det endast finns ett universum, nämligen den droppe vi kom ifrån. Eller finns det fullt av droppar dvs. universum därute som bara väntar på att bli upptäckta. En annan ganska viktig fråga att ställa sig är: vad består tomrummet mellan dropparna av, vilken form av materia håller dropparna samman. Några har funderat på mörk materia eller svart energi, samma energi som tros finnas i ett svart hål.

Tänk vad små vi är och hur kaxigt vi har tänkt oss den här resan.

-Tänk så mycket som har hänt sedan Columbus upptäckte Amerika. Alla sa att det var en dödsdömd resa, ändå tog han rodret och hissade segel. När han kom tillbaka blev han hyllad till hjälte...Tror du vi kommer tillbaka och blir hyllade som hjältar.

-Nej, det här är en engångsbiljett ut i det okända.

Vidare så har alla, utom de som jobbar aktivt med skeppet och service inrättningar så som affärer och dylikt, en månads ledigt för att göra sig så hemtam som möjligt.

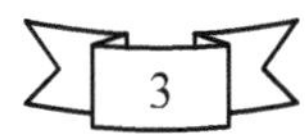

Droppteorin

Kapitel 1

-Hur är det fatt Marcus du ser ut att ha en plågsam klåda.
-Ah, det är nog den där jäkla vattenduschens fel.
-Du tvålade väl in dig med duschcreme och schampo?
-Jodå och allt mycket noggrant. Jag såg till att torka bort allt mycket nogsamt också, så det kan inte vara medlens fel heller.
Terra Goova har nått barriären för denna droppe. Man har lyckats bygga en portal som skutan Terra Goova kommit igenom. Vidare har man uppmärksammat och homat in en radiosignal och lyckats identifiera vart ifrån den kommer.
Terra Goova har precis lyckats med att ta sig igenom portalen och Brigader General har tagit plats i kontrollrummet. In kommer radiotelegrafisten som lyckats dechiffrera radio signalen.
-Man använder sig av en sorts taluppsnabbare som är fäst vid struphuvudet och en mottagare som är

fäst bakom ena örat. Det får rösten att låta som ett pip och man kan koda sin röst så den bara länkar en viss mottagare. Jag har fört ärendet vidare till den språkbegåvade befolkningen här ombord. Får man ner hastigheten på rösten så kan man höra vad de säger normalt. Och det jag har hört av språket så är det ruskigt likt vårt eget med vokaler och konsonanter, men som sagt så har jag lämnat det vidare.

-Bra sa Jeannette som också satt vid bordet i rummet tillsammans med Jan, Marcus och Maria. Vi den civila delen av det här bordet vill hålla den militära nivån så låg som möjligt. Det måste gå att civilt få kontakt med ortsbefolkningen och därigenom etablera en assimilation. Jag skall höra med materialteamet ombord om det inte skulle kunna gå att få fram någon form av språkchipp.

-Visst, sa Generalen. Men mina order är att till varje civil som går ner ska jag skicka med 200 man stormtrupps soldater.

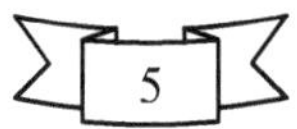

-Så om vi går ner alla 4 så blir det 800 man?
-Korrekt.
-Herregud det blir ju en halv by i småland, finns det inte något kryphål för att minska antalet soldater? Vi kommer ju inte precis att inge något större fredligare intryck.
-Njaä, det kan finnas ett kryphål till att få ner mansstyrkan till hälften. Men det kräver att ni var och en på film avger ett löfte om att ni gör detta frivilligt och avsäger er skydd från Terra Goova.
-Då gör vi så, om alla är eniga. Tvekar någon så gör det nu.
Då beslutar jag att vi utan Brigader General som sitter vid det här bordet följer med ner till planeten som den första kontaktgruppen. Vi är alla införstådda med att vårt militära skydd är halverat? Bra.
-Hur ser det ut rent millitärt nere på planeten frågade Maria Generalen?
-Det verkar inte som om de har någon bestyckning av vapen synliga, kanske de inte har konceptet ”vapen” etablerat. Det

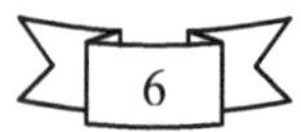

verkar faktiskt som om de använder diplomati snarare än vapen.
Väl nere på planeten så ställde militären upp sig i fyra hörn med Jan, Jeannette, Maria och Marcus i mitten. Jan, den som var psykologiskt utbildad, tog till orda och förklarade genom översättnings chippet han hade fäst på strupen, att de inte ville något ont utan var en forsknings expedition från planeten Tellus. Som ligger i ett universum nära detta.
-Truppen av soldater som vi har med oss nu är enbart med som skydd då vi inte känner er än.
-Vi önskar tala med de som styr ert samhälle, vi återkommer om två dygn.
Alla soldater och civil personal packade in sig i sina rymdfärjor.
-Hur tyckte ni det gick frågade en nervös Marchus. Personligen kändes det inte som om vi fick någon kontakt med befolkningen.
-Nej, svarade Jan. Vid nästa möte bör vi nog bestycka Terra Goova och föra ner henne i atmosfären så hon ligger väl

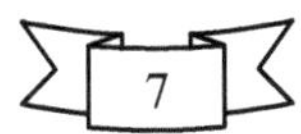

synlig för
Befolkningen. Att inte visa några känslor kan både vara bra och dåligt. Bra är det ju om de inte tycker att vår ankomst spelar någon roll och att vi är välkomna. Dåligt är ju om det visar sig att de är känslokalla psykopater. Projekt assimilering kan snabbt övergå i krig. Mitt råd är att vi skickar ner soldater som får rigga upp en holografisk bild av oss fyra. Då kan vi hålla ett mer avslappnat möte med de som styr planeten. Kanske att vi får en bit mark som vi kan kalla vårt hem. Får vi inte det föreslår jag att vi släpper ned atombomber och marksoldater. Vi måste kanske ta det vi vill ha istället för att jamsa. Vi blir den styrande kraften här på planeten. Vi kan tala om vilka lagar och regler som gäller. Jag ska ta upp detta med Generalen när vi kommer fram.
-Generalen höll med om att det nog vore klokast om inget revolutionerande hände. Men han tycker också att vi bör gå den fredliga vägen först. Om inte det fungerar låter han atomkriget börja, eller

helvetets eld ska brinna.
-Vi har maskiner som kan ta hand om radioaktivitet efter det att allt lugnat ner sig.
Vi har även alla andra upptänkliga maskiner och utrustning både vad det gäller kultivering och exploatering av mark som gör den brukbar. Vi har även avelsdjur i form av de kreaturen vi har på Tellus. Dock bör nämnas att dessa djur endast finns i en väldigt liten skala, därför måste en enda tjur göra många kor dräktiga. Fåglar däremot har en väldigt kort livscykel. Där kan vi snabbt få upp en stor stam med tamfåglar vilka kommer att bli vår primära källa till protein. Alla former av fröer och plantor ligger frysta och kan användas direkt. Ingen upptining behövs. Vad vi först måste göra är att hitta ett vattendrag i form av fors eller sjö som har sötvatten. Vidare så måste vi bygga ett vattenreningsverk och dra ledningar för vatten & avlopp. När allt detta är gjort så kan vi börja bygget av villorna som blir de första boningshusen på denna planet.

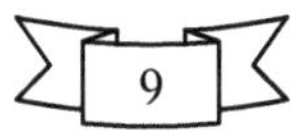

Droppteorin

Det finns 15 000st färdiga byggsatser med hus som bara behöver iordningsställas.
Kriget var ofrånkomligt då Jans och Jeannettes förslag om samhörighet bortkastades helt. Deras gud som var så mäktig att den skulle se till att vi försvann, det var bybornas inställning.
Jan ropade upp till Generalen och sa det går inte att resonera med dem. Släpp de 4 första atommissilerna när vi har åkt härifrån.
Terra Goova bemannade alla skytte ställningar. Fyra missiler med atomladdning avfyrades åt var sitt väderstreck totalt sett 14st missiler.
Terra Goova cirklade runt hela planeten och gjorde samma sak så hela jordytan var täckt av missiler. Inget liv återstod.
Generalen ombord deklarerade att uppdraget är slutfört, vi bör vänta ca en månad för att vänta ut de sista radiacförgiftade ortsborna på planeten.
Sedan är allt dött och vi kan skicka ner ”damsugarna” som tar upp allt radioaktivt avfall och rensar allt från

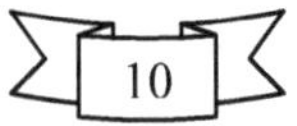

beccerel förgiftningen.
-Jaha, sa Maria. Då får vi väl åter två veckors semester eller vad tror du Jeannette?
-Tja, vi är ju framme vid något som skulle kunna tänkas vara vår nya hemplanet så varför inte fira det med några dagars semester. Vi har ju hela livet på oss att bygga upp det samhälle vi vill ha. Det viktiga är ju att vi får bort radioaktiviteten från planeten och det sköter gänget i kontrollrummet.
-Inte för att jag är så särskilt religiöst lagd men borde man inte göra någon form av avtackande till befolkningen som en gång bodde här. Vi har ju förstört ett helt samhälle med djur, växter, och intelligent liv. Vad gav oss egentligen rätten till detta.
-Du har rätt Maria, vi ska göra en staty och minnesmärke på den plats som striden började. Vi kanske rent av ska införskaffa en röd dag i almanackan. Det som skett är ju inte helt olikt dinosauriernas utdöende på Jorden.

Kapitel 26

Fiaskot

Den natten kunde inte Marcus sova, han kunde inte sluta tänka på de liv de nyss släckt. Men vi visste ju att Terra Goova var en enkel biljett till något ovisst. Att vara så känslokall och rå till att utrota en hel planet i suktan för mer jord. Som i slutändan ska leda till mer pengatillväxt. Vi tyckte att ortsbefolkningen verkade knepiga men när det i själva verket var vi som var de knepiga. Det var vi som tryckte på den röda knappen UTAN att ha blivigt attackerade mer än verbalt. Det får mig att undra lite över vem som var överlägsen vem. Vem är det egentligen som har rätt till den här planeten vars liv vi utrotat. Rent filosofiskt så undrar jag vem som är skurken i det här dramat. Vad vi BORDE ha gjort är att lätta ankar och flyga vidare till nästa beboliga planet.

-Marcus, hur är det fatt, frågade en orolig Maria som låg jämte honom?

-Ah, jag kan inte sluta att tänka på bombningen av planeten. Vad gav oss

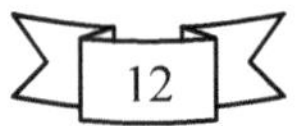

rätten att slå ut en hel planet? Jag kan inte undgå att tänka mig vår egen historia på Tellus. Utdöendet av dinosaurierna kanske inte alls var naturens nycker utan kanske utomjordisk rensning. Jag kan vidare se likheten idag med utrotningen av judar, polacker och zigenare. Vi ser oss gärna som en ras med de högsta etiska värderingarna. När vi helt lätt slaktar en hel planet, vi har till och med maskiner som tar hand om alla kadaver och strålning. Kvar lämnas ett förhoppningsvis bördigt område där vi kan börja kultivera och odla våra grödor. Fan vi vet inte ens om jorden är kompatibel med våra grödor.

-Sch, sch, sch ta det lugnt och andas lite med mig.

-Hur då det finns ju knappt något syre här inne.

-Öppna ett fönster och vila örat mot min mage. När magen guppar upp andas jag in, när jag sjunker ihop så andas jag ut.

-Men ja…

-Tyst nu och gör som jag säger, in, ut, in, ut. Vi andas in och vi andas ut.

Snart somnade Marcus och Maria gick över till sin sida av sängen. Hon lirkade in sin arm under Marcus huvud och gosade sig nära honom. Hon somnade snart och vaknade till en fanfar av musik, det var klockradion som startade.
-Du Marcus?
-Ja?
Skulle vi inte kunna åka ut till stormarknaderna idag? Jag är lite sugen på nya tapeter och färg. Jag skulle också vilja titta på lite nya lampor.
Marcus tog tag i Marias hand och sa: tack för igår…Hur skjutton kom du på det knepet?
-Du menar med andningen?
-Ja
-Skratta inte nu men jag har läst en del barnpsykologi och barnavårdskunskap. Där fick vi lära oss en del knep t.ex. hur man söver ett barn som inte kan sova.
-Jaså är du barnskötare?
-Japp jag gick 2 terminer innan jag kom på att matte var roligare, därför bytte jag inriktning till det naturvetenskapliga hållet. Att dissekera ett koöga var hundra

gånger roligare än vad det var att byta blöjor på ett kollikskadat barn.

-Jag förstår dig till fullo. Att inte ta tillvara ditt interlekt är nästan en av de tre döds-synderna.

Men jag förstår inte riktigt varför du ville åka ut till stormarknaden och köpa tapeter och färg? Vi ska ju snart (förhoppningsvis) bosätta oss i ett av firmans små söta hus. De ska ju bara monteras och vatten, avlopp & el ska också dras in. Men vet du jag tror inte det blir så stort jobb. Om IKEA har lyckats kränga möbler i byggsats så ska nog Terra Goova Enterprise med sina elitingenjörer lyckas fixa bostäder som är relativt snabba att sätta samman. Vi borde nog istället fara ner till Jeannette och se vilka hus det finns att välja mellan, innan alla andra har plockat ut det gottigaste.

-Du har nog rätt min lilla dumsnut. Vi åker ner till HQ i eftermiddag och ser hur landet ligger. Kanske att Jan och Jeannette är där, jag är nästan helt säker på att Jeannette jobbar.

Droppteorin

De båda tu tog en trolley ner till HQ och upptäckte att receptionisten var borta och grinden in till kontorena stod öppen. De knatade in till Jeannette som stod askgrön i ansiktet med Brigader General.
-Varför stod grinden uppe och var är subban till receptionist?
-All civil personal som inte direkt arbetar med terraformering är frisläppta.
-Varför då?
-Därför att vi gjort stans värsta maja. Befolkningen nere på planeten har ett naturligt motstånd till radioaktiv strålning, och de är lite småsura på oss som bombade söder hela deras planet. Därför är marsal law deklarerad och vi svarar numera till Brigader General.
-Herregud de lever alltså, sa Marcus helt upprymd. Det ger oss ju en chans att återigen föra en civil assimilation. Troligen är de mer medgörliga nu när de inte har något materiellt kvar. Vi har ju något att sälja som de måste ha. Om vi åtar oss att bygga upp allt igen, återställa det i nytt skick, så kanske men bara kanske att vi kan bli vänner.

Droppteorin

-Vi har robotar nere på planeten som håller på att sätta upp en bas fri från strålning. På denna bas så kommer det att finnas en liten fabrik där vi kan reproducera det nödvändigaste så som nya bostäder sjukhus osv. Av våra 15.000 bostäder måste 10.000 oavkortat gå till invånarna på planeten.

-Det betyder alltså att några får vänta med bygget av sina hus?

-Ja, om vi nu lyckas bli sams med invånarna. De lider brist på mat, bandage och läkarvård. Ett flyktingläger med tält är uppsatt av robotar på 8 platser av planeten. Invånarna är mycket chockade och många är svårt skadade av tryckvågen samt all runtflygande bråte som uppstår vid en så kraftig explosion som en atombomb utgör.

Telegrafisten kommer instormande;

-Ett meddelande från befolkningens ledare säger att vi är mäktigare än deras gud. De kommer att vara oss trogna och förkasta sin gud.

-Okej brigader general nu är inte det här ett ärende för militären längre, utgå.

Droppteorin

Generalen lämnade sin post och beordrade samtliga soldater på planeten att lämna området. All civil personal på Terra Goova återinställs.

-Jag anmäler mig som frivillig att åka ner till planeten för att ta personlig kontakt med befolkningen, sa Marcus.

-Jag följer med dig, sa Maria.

-Okej då kordinerar jag allt härifrån, fick Jeannette fram. Färgen i ansiktet hade nu återigen blivit normal.

-Vi åker om två dagar och då vill vi ha med oss förnödenheter som behövs i det lägret som ligger närmast oss. Vi behöver mat, dryck, mediciner och byggmaterial till de 10.000 bostäderna som finns ombord. Vi måste skänka bort dessa bostäder för att visa lite goodwill.

-Ja sa Jeannette. Vi skänker 10.000 bostäder och behåller 5.000 då vi behöver dessa för att starta en terraformering och bygga upp en samhällerlig konstruktion.

Men det följer väl inte med några militärer den här gången hoppas jag, frågade Marcus?

-Nej det här är en helt fredlig och humanitär insats svarade Jeannette.

Droppteorin

Kapitel 27

Humanitär hjälp

Dagen då avresan skulle äga rum började det packas och stuvas i de tre rymdfärjorna som skulle åka ner till planeten.

Ett helt koppel av ingenjörer, byggarbetare och sjukvårdspersonal följde med tillsam-mans med Maria och Marcus. Allt var knutet till en humanitär resa där man i första hand skulle hjälpa och lindra de som bodde på planeten. Maria var sugen på att utforska vilken jordmån det var, om deras grödor som de hade med sig skulle kunna fungera i denna jord. En annan förhoppning var att någon eller några personer ville följa med upp till Terra Goova på en diplomatresa, för att se hur vi levde. Kanske man kan se likheter snarare än olikheter.

Skytteln landade nära ett flyktingläger där det fanns sårade och bostadslösa jordbor. Man lastade ut all sjukvårdspackning och reste ett sjukhustält där man direkt kunde börja

hjälpa sårade jordbor. Med tält menar jag inget tält i vanlig bemärkelse utan det hela var som en liten stad där det fanns operationssal, matsal, inkvartering och naturligtvis en mäss. Många som var i lägret hade mist anhöriga och var djupt chockade, rädda och misstänksamma för oss människor som befann sig i tältlägret. Inte helt utan anledning då vi ju faktiskt förstört i stort sett hela deras liv.

Maria strosade runt lite utanför lägret och tog sina prover på jordmånen. Proverna la hon i en speciell väska som var skumgummivadderad. Hon staplade sammanlagt 8st väskor i en skyttel. Hon försökte se om det fanns några växtdelar som överlevt atombombningen. Och tror du inte på tusan ca: 1/2meter ner i jordmånen så sprudlade det av liv. Hon hittade rötter, maskar och fröer i oändlighet. Tydligen så kom inte strålningen åt livet under marken. Det verkar som det bara var en vind av radioaktivt strålning som enbart slog ut livet ovanför marken. Strålningen är

alltså väldigt dålig på att gräva sig ner i nivå under detonation. Maria samlade upp en hel literpåse med diverse olika frön, likadant gjorde hon med maskarna som är väsentligt då det gäller att kultivera jorden. Sedan tog hon hjälp av en grävskopa som grävde upp ett lass med matjord. Allt detta stuvades in i den tomma skytteln som for iväg till Terra Goova efter att Maria klivigt av igen. Hon letade upp Marcus som spontant börjat assistera vid sjukvårdstältet.
-Jaså du har blivit sjuksköterska också, det var dolda tallanger.
-Det är så många individer som vi har skadat som är så vilsna, och jag känner mig så skyldig. Jag var ju med och bestämde att vi skulle utplåna allt liv på den här planeten så att vi själva skulle få ha en egen planet, snyft. Det är inte mer än rätt att jag hjälper till att få ordning på invånarna här igen, Marcus snyftningar hade övergått i attacker av gråt. Många är döda men det kommer ständigt en strid ström av nya skadade och chockade människor. Men jag är väldigt glad att vi

får chansen att börja om med bekantskapen av invånarna här på planeten. Det var guds försyn att de hade en inbyggd motståndskraft mot radioaktiv strålning.
-Marcus du är i första hand kemist och matematiker. Är det inte bättre att vi tar oss an det vi är bäst på och låter den sjukvårdsutbildade staben sköta sitt?
-Jo du kanske har rätt, men jag vill bara ställa allt till rätta igen.
-Kom Marcus nu åker vi hem till vårat lilla radhus igen. Maria tog ömt Marcus hand som nästan skakade av anspänning och ledde bort honom till en tom skyttel. Vi ska åter till Terra Goova sa Maria till kaptenen ombord.
Marcus sa inte ett enda ord på hela resan han tittade bara ner på golvet. För att uttrycka sig korrekt så var Marcus en bruten man.
Väl på Terra Goova var allt som vanligt med affärer, människor och restauranger.
-Kan vi inte bara åka hem till oss, snälla Maria.

Jo visst ska vi det, Maria ringde efter en trolley som körde dem hem. Hem till sitt lilla lugna och trygga hem med en vimpel hängandes på gaveln. De gick in i huset och Marcus satte sig förtvivlat ner på en köksstol. Lova mig att vi inte åker tillbaka till planeten förens vi har något väsentligt att uträtta där som hör till vår profession.

-Jag lovar älskade dumsnut. Men vet du vad jag gjorde nere på planeten?

-Nej…Faktiskt så har jag inte en aning om vad du gjorde när jag stod och lekte sjuksköterska.

-Lekte och lekte, jag tyckte nog att du hade god hand om flyktingarna. Jo jag tog en stor mängd jordprover och hämtade en massa fröer som låg ca: en halvmeter under ytan. Jag tänkte det skulle vara spännande att se om våra fröer och grödor var kompatibla med jorden. Vidare så tänkte jag att det ska bli spännande att se vad som kommer upp av de fröer jag hämtat från planeten. Jag tänkte kanske att du har mätinstrument för att se om jorden är sur

eller basisk, näringsrik eller kalkrik och näringsfattig.
- Får jag bara vila lite så kan vi åka ner till depån nu ikväll för att påta lite i jorden om du vill.
-Medans du vilar en stund så tar jag och bakar några bullar.
Tack Maria, jag är verkligen helt slut så jag lägger mig direkt. Är du snäll och väcker mig om jag skulle somna?
-Javisst kan jag göra det.
När bullbaket var klart så dukade Maria fram två stora glas, en kanna mjölk och ett stort fat med bullar.
Hon gick upp till Marcus som sov djupt. Hon satte sig på sängen och gav honom en bamsekram och viskade i hans öra att det var dags att kliva upp nu.
Marcus vaknade mjukt och kramade Maria tillbaka.
-Det finns alldeles nybakade bullar med mjölk därnere.
-Jag kommer sa Marcus och steg ur sängen. Gud vad skönt jag har sovit sa Marcus samtidigt som han torkade sömnen ur ögonen.

Droppteorin

Han gick ner för trappan och satte sig vid köksbordet och provsmakade en bulle. Gud vad goda de är sa Marcus helt spontant.
-Tack sa Maria som också satte sig vid bordet. Det är meningen att man ska ta lite mjölk till också.
Marcus hällde upp ett glas mjölk och bara njöt av bullfesten.
Tänk vilken tur jag haft som träffade dig och att vi fann varandra.

Kapitel 28

De båda tus samarbete

Efter bullkallaset så ringde Maria efter en trolley som skulle föra dem ner till depån där jordproverna fanns.
Marcus plockade ihop Marias bärbara dator som inte var mycket att ha när det gällde mattematiska uträkningar, men var en fena på att behandla data.
Trolleyn kom som vanligt snabbt och Marcus och Maria lastade in sina saker och hoppade in.
Väl framme vid depån så lastades det ut alla grejorna. Maria som varit vid depån tidigare hämtade en säckkärra modell större. De lastade på alla grejorna och Maria visade vägen.
När de väl kommit fram så var magasins-utrymmet helt sprängfyllt med jord och diverse rötter och fröer.
Proverna som Maria tagit på jordmånen var tagna med rör som hon stuckigt ner i backen och sedan pressat ut i ett sorts magasin. Totalt var det 30st prover tagna och vart och ett nogsamt dokumenterat angående plats lutning osv. Sedermera så

hade hon med hjälp av en grävmaskin tagit ett väldigt stort och grovt prov på drygt ett ton.
Marcus satte igång med att testa proverna, han lyfte försiktigt upp kolvarna på en arbetsbänk och dokumenterade noga resultaten i Marias dator. När han gått igenom tre av kolvarna så sa Marcus med lite låg stämma; det finns stora mängder guld här. Det finns även allt annat som växterna behöver och ph värdet är inte heller något att klaga på. Vad tycker du? Ska vi berätta för Jeannette om guldfyndigheterna med risk för att det kommer att startas en gruva här med all förorening och exploatering som det innebär. Ortsbefolkningen kommer att hamna i tredje hand och gruvfyndigheterna kommer att komma i första hand. Allt humanitärt arbete kommer att ses som en bisak, en hobby, något som kan visas fram som en front när det ställs besvärliga frågor.
-NEJ, vi ska inte berätta något om guld-fyndigheterna. Vi ska enbart fokusera

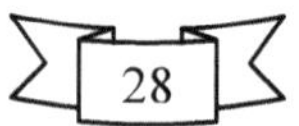

oss på huruvida det går att odla grödor som vi kan äta här.
-Okej, sa Marcus med en lite lättad stämma. Vidare så ser det ut att finnas alla andra nödvändiga salter och mineraler som behövs för att odla den maten vi är vana vid. Jag har matat in alla värden i din lilla söta laptop som visat sig näst intill oumbärlig just nu. Jag tar genast tillbaka fnyset jag gjorde i butiken där du köpte den.
-Hämta tre miniväxthus från förrådet är du snäll Marcus.
Marcus lomade iväg till förrådet och kom tillbaka med tre st. lådor med ett genom-skinligt plastlock till.
-Nu måste vi vara väldigt försiktiga och enbart ta toppen på jordprovet. Tar vi för mycket så får vi ett felaktigt resultat.
Maria tog fram en kniv och skar proverna ungefär lika omtänksamt som om hon skurit en rulltårta.
Marcus pulade i jorden i krukorna och Maria började så havre, vete ja alla möjliga sorters grödor. När allt var klart

slog Marcus en liten blick på jordhögen som vägde ca: 1ton.
-Vad ska du ha den till frågade han lite försiktigt.
-Jo till den ska vi hämta tre stycken täta pallar med tillhörande pallkrage. Vi ska sedan borra ett gäng hål i botten så att det bildas en dränering. Därefter så ska vi fylla de tre lådorna med lecakulor och sedan toppa med jord. Sedan kan vi så lite tyngre grödor som potatis, morötter och rödbetor. Det blir ett ungefärligt likadant test som havren och vetet men vi testar det som ska växa under jord.
Jo just det jag samlade ett gäng maskar också, dessa ska också planteras ner i de tre jordlådorna. De båda planterade och sådde för glatta livet när allt plötsligt var klart.
-Jaha och vart ställer vi lådorna nu då, de behöver ju dagsljus om de ska kunna växa.
-Hämta den hydrauliska gaffeltrucken och kör ut de tre lådorna i växthuset. De andra små lådorna tycker jag vi tar hem till oss.

-Hem till oss?
-Ja som ett slags krukväxter. Dels för att jag vill att de får ett konstant flöde av vatten och dels för att jag gillar krukväxter. Jag tycker om att se när saker gror och växer samtidigt kan jag kontrollera hur bra de växer i den nya jorden. Det ska bli jättespännande att se vad det är för växter i de fröer som jag hittat där jag tog jordproverna.
Marcus gick med snabba steg bort för att hämta trucken. Han lastade och körde bort lådorna en och en i det han tyckte verkade vara det optimala ljuset. Maria stod med sina tre små växthus och väntade.
-Jaha då tar vi väl en trolley hem då eller vad säger du Maria.
-Visst, om du ger mig ett handtag här så ska jag ringa efter taxin.
Trolley´n kom och de lastade in växthusen och sig själva.
Väl hemma så dirigerade Maria Marcus vart växthusen skulle stå, det fick inte vara för mörkt, inte för ljust och inte för svåråtkomligt vid vattning.

Droppteorin

Det är svårt när två forskare med så spritt forsknings område ska samsas om en så enkel sak som var krukväxter ska stå placerade.

-Maria kan inte det vara du som har huvudansvar för vattning osv.?

-Jovisst om du vill det så tar jag gärna det på min lott.

-Vad snabb och skarp din lilla laptop var, jag var nästan orolig att jag glömt veven. Men den sparkade igång och hanterade datain-flödet som en fena.

Kapitel 29

Assimilering???

Nästa morgon så vaknade Marcus tidigt han kom på att det fans en diffus önskan om att ta med sig någon eller några från planeten upp till Terra Goova.

-Du Maria? Visst fans det en idé om att låta en eller några personer från planeten få komma upp hit till Terra Goova som ett diplomatbesök.

-Gäsp, jo det är sant den idén fanns och jag tror den finns i tankarna fortfarande.

-Kan inte du och jag ta oss ann den saken? Jag menar det skulle vara väldigt roligt att få visa hur vi har det, att det inte bara är militärer och destruktiva saker i vår tankevärld. Och försöka förklara att vi har för avsikt att bosätta oss på deras planet och försöka samsas med invånarna på planeten. Ett lite trevande sätt till assimilering. Vi måste ju även, detta är pinsamt, ta reda på vad de kallas för. Vi heter ju människor men vad kallar dem sig själva för.
Sedermera så bör vi ju visa vilka hus som det finns att välja på. Vi har ju allt

som allt 15000st hus 10 000st är vigda till invånarna 5000 är tänkt att vi själva ska ha. Jag tycker inte det är mer än rätt att ortsbefolkningen får vara med och bestämma vilka hus de vill ha. Jag ska ta upp detta med Jeannette idag.
-Muff, ja gör det, du får ursäkta men jag är så vansinnigt trött. Kan inte du fixa kaffe och mackor så drar jag mig en liten stund till?
-Jo visst kan jag det sa Marcus samtidigt som han klev ur sängen. Han gick ner och hämtade tidningen och satte på kaffe och kokade några ägg.
Han lade ifrån sig tidningen och mumlade för sig själv, det skulle vara kul att få vara med när vi tar upp några jordbor hit till Terra Goova. Att få bjuda på vår egen mat visa hur bostäderna ser ut… vi har ju ett ganska stort överskott på bostäder här ombord, skulle det inte vara smart att forsla upp några jordbor och inkvartera dem här i de tomma bostäder vi har till vårt förfogande.
-"Pling"!!!

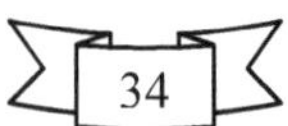

-Visst sjuttsingen äggen. Marcus hällde av vattnet och lade upp äggen i äggkopparna och tog fram smörgåsarna, smöret och pålägget.
-Maria det är frukost nu. Ropade Marcus från köket
-Jag kommer, hördes en jämmerlig röst. Maria dunsade ner för trappan och kom ut i köket alldeles nyvaken. Mmm, det luktar gott av kaffet min lille snuttgubbe. Under frukosten så presenterade Marcus sin idé om att låta några jordbor få komma upp hit till Terra Goova.
-Det låter inte alls så dumt, sa Maria. Vi har nog fler likheter än olikheter. Jag ställer mer än gärna upp på en sådan idé. Jag tror inte att Jeannette har något emot att det är du och jag som håller i trådarna och styr med det praktiska arbetet kring projektet. Vi kan väl dra iväg och prata med henne nu efter frukost?
-Tack för att du håller med mig i mina tokiga idéer. Jag håller fortfarande på att vänja mig vid att den som sitter på andra sidan köksbordet tänker som jag och inte bara grötar till och förstör mina idéer,

även om de inte alltid är dem bästa. Vi snackar med Jeannette nu på förmiddagen sedan tycker jag vi belönar oss själva med en ordentlig trerätters supé, med all den dryck som dit hör såsom aperitif, öl, vin och en stark dryck till kaffet. Vad säger du om det?
-Låter spännande, men jag skulle nog hellre åka upp i planetariet och beställa in en kall öl att dricka innan huvudrätten och sedan ta en flaska vin till maten. Sedan min gode man så kommer vi att vara så sletna att vi behöver ta oss en liten lur.
-Den idén var inte dum, det var ju nästan där som vår kärlekshistoria började. Och den har bara vuxit sig starkare och starkare för var dag.
Om jag tar disken efter frukost så kan väl du hoppa in i duschen?
-Nej, vi hjälps åt med avdukning av bord och inplockandet av disken. Sedan kan vi hoppa in i duschen tillsammans.
-Tillsammans???
-Ja så kan du få hjälpa mig med mitt långa hår och jag kan skrubba dig på

ryggen. Allt annat är en ren bonus, sa Maria fnissandes.

-Marcus kände sig lite smått generad när han tyst svarade okej.

De båda jobbade snabbt och intensivt med att duka av bordet och slänga in disken i maskinen kasta av sig kläderna på golvet och stojandes och stänkandes hoppade in i duschen.

CENSURERAT

Väl nere på kontoret fick de faktiskt vänta på Jeannette. Deras ärende var inte särskilt brådskande. Receptionisten var som vanligt beredd på att Maria slet upp bommen och rusade in. Men inte idag. Hon förstod att Jeannette troligtvis har massor att göra på sin agenda och vi skulle bara få vänta i 20minuter.

Väl inne hos Jeannette så presenterade Maria och Marchus sin idé om att ta upp ett antal jordbor på en diplomatisk resa till Terra Goova. Smart vore ju om vi kunde identifiera någon styrande politiker, men går inte det så tar vi några som tycks sugna på en sådan resa. Sedan är det ju det här med boendefrågan. Vi

skulle ju kunna använda de tomma bostäderna här på Terra Goova som flyktingbostäder.
-Det var hemskt vad ni har grubblat på det här, sa Jeannette.
-Ja, jo vi tycker det skulle vara roligt och spännande att få möta invånarna och visa dem hur vi har det och vilka vi är. Att inte allt kretsar kring krig, svält och elände. Vi vet ju inte ens vad de kallar sig.
-Då klubbar vi det. Ni åker ner imorgon klockan 10:00 ni får följe av 4st rymdfärjor. Er mission blir att först försöka utröna vilka de styrande är, går inte det så får ni lassa färjorna fulla med invånare som är sugna på att se hur här är. Kanske till och med kan tänkas vara intresserade av att flytta upp hit provisoriskt tills vi har fått igång iordningsställandet av husen. Jag pratade med byggchefen igår han sade att ca: 40% av totalantalet husbyggsatser är flerfamiljs-hus några så höga som 4 våningar.

Droppteorin

Mycket av byggmaterialet finns ju redan på planeten så som sand, vatten. Och det finns säkert mycket kalkberg att bryta, så alla komponenterna till murbruk och betong finns.

Kapitel 30

Maria och Marchus stod redo följande morgon klockan 10:00. Kaptenerna till de fyra rymdfärjorna gjorde entré och en av dem gick fram till Maria och Marchus.
-Jaha, det var ni som skulle åka med ner till planeten i form av en diplomatresa.
-Ja, jo men ska ni inte packa kärrorna fulla innan vi åker.
-Det jordes i natt när färjorna stod här och väntade på oss, vi har även dressat färjorna med Terra Goovas emblem både på sidorna av rymdfärjorna och två flaggor i fören av skutorna. Ta på er hjälmarna nu och sätt på ert headset.
Kaptenen rullade upp jalusinen som var en vägg mellan kapten och passagerare.
Nu satt alla tre och kunde prata med varandra ungefär som när man kör bil.
Det rullade fram en liten bil med en stor krok längst bak. -Vad är det där för en liten lustig bil frågade Marchus?

-Det är utbaxaren. Vi får hjälp att komma ut i rätt flyg kanal. Vi slipper massa onödiga olyckor då.

När färja 18769 med passagerare Maria och Marchus nu lämnat lufthamnen. Kände sig Maria en aning rädd och dum inför resan.

-Är det okej om vi fäller ner jalusinen igen, frågade Marchus kaptenen?

-Ja visst självklart, väggen är nästan helt ljudisolerad så vill ni ha en stund för er själva så går det bra.

-Hur är det fatt Maria frågade Marhcus ömt. Har du ångrat dig angående resan?

-Nej, nej absolut inte jag tycker det är en aning obehagligt att lämna ifrån sig mitt liv i någon annan människas händer.

Marchus flyttade över till Marias plats och höll om henne inte sådär som en kompis kram utan mer en aggressiv kram som får allt att bara stanna upp några få sekunder men som känns som flera dagar.

-Titta där är planeten den ser lika vacker ut som vår planet, Tellus, gjorde en gång i tiden.

-Den är vacker…Hoppas bara den får förbli så även när vi flyttat ner. Att vi inte bara suger ut och förstör. Att inte pengabegäret ska bli för stort, så stort att mänskligt värde upphör att existera.
-Låt inte så mellankolisk Maria, det är ju du, jag, Jeannette och Jan som kommer att styra mänsklighetens rofferi.
-Vi närmar oss inflygning till läger nr. 7 nu. Sätt på er säkerhetsbältena nu, sa en vänlig men bestämd kapten. Jag ska försöka göra en så pampig inflygning som jag bara kan.
När färjan stannat så kom det en trappa framrullandes och en blandning av människor och jordbor skapade en korridor genom vilken Maria och Marcus gick. Korridoren slutade vid en bil där de båda hoppade in. Det var en jordbo som körde och ingen människa. Maria försökte prata med chauffören genom chippet hon hade fäst på strupen för att ta reda på vart vi var på väg. Chauffören var mycket vänlig och korrekt i sitt uppförande och försökte lite knaggligt att tala om att vi skulle till

deras parlament, där de som styrde planeten fanns.
-Det är nu det är dags att knyta de livslånga banden som ska föra oss människor så nära dessa jordbor att vi kommer att bli ett, sa Marchus samtidigt som han kramade Marias hand.
- Jag måste bara få fråga, vad kallar ni er för? Vi heter människor men vad heter ni?
-Vi kallar oss solen och månens barn, i dagligt tal Solmånsbarn.
Väl framme vid ett lite större tält område med vita tält, flaggor och vimplar hängandes utmed sidorna.
Det stod en samling mycket alvarliga jordbor eller solmånsbarn utanför tältområdet som var och en tog i hand.
Väl inne i tältet så öppnades en sal där det fans en liten scen och en talarstol.
Talmannen fattade sig mycket kort och lämnade över mikrofonen till Marchus.
Marchus höll ett ganska långt tal där han presenterade vart vi kom ifrån och att vi i grund och botten inte vill något illa, detta trots bombningen av er planet. Det

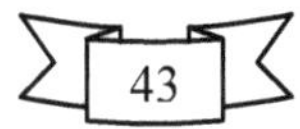

hela skedde pga. ett miss-förstånd. Vad vi vill med denna resa och ankomst till er planet är att leva sida vid sida med er som jämlikar, som bröder och systrar. Vidare så skulle vi vilja ta med oss er som styr den här planeten på ett diplomatbesök upp till vårt moderskepp Terra Goova. Kanske vi kan se likheter oss emellan snarare än olikheter.
Marchus tackade för ordet och gick för att sätta sig.
Diskussionerna gick fram och tillbaka vilka som skulle få följa med upp till skeppet. Till slut hade alla enats om en grupp om 30 personer.
-Då far vi upp till skeppet om 6timmar sa Marchus. Då hinner alla göra sig i ordning i lugn och ro. Han tackade för ordet och gick tillsammans med Maria ut till bilen.
-Hur tyckte du att det gick Maria frågade Marchus.
-Strålande, du var lugn, korrekt och inbjudande.
-Tänkte du också på att det bara var män i församlingen Maria.

-Jo jag noterade det…Hoppas det bara var en tillfällighet för annars får de nog problem på Terra Goova.
Bilen rullade in på vad som kan beskrivas vara Terra Goovas basstation.
-Vi går väl och ser om vi kan få något att äta eller vad tycker du Maria.
-Jepp, vi ser vad som står på menyn.
-Spaghetti låter gott sa Maria.
-Tycker jag också låt oss ta var sin portion.
De tog var sin tallrik och gick och satte sig.
-Glöm nu inte bort att vi är diplomater och bör uppträda som sådana, viskade Maria till Marchus.

Kapitel 7

Diplo, diplo, diplomater

-Öh du Maria, är det inte meningen att vi ska sitta där borta vid det fina bordet med vit crepsduk, ljusstakar och små flaggor?
-Du menar bordet där det sitter både solmånsbarn och människor av högre rang?
-Ja.
-Du har nog rätt vi smyger oss bort till toaletterna som finns bakom dig så gör vi en ny pampigare entré.
Sagt och gjort de klev ut ur toaletterna och bad det lilla musikbandet som stod efter väggen spela en liten fanfar musik.
-Håll armkrok med mig nu så går vi bort och tar våra platser Marchus.
De gick bort till bordet och bandet slutade spela. Alla runt bordet reste sig upp varpå Maria och Marchus satte sig ner och tog på sig sin servett.
Det kom fram en servitris som var ett solmånsbarn och frågade vad de ville äta och dricka.

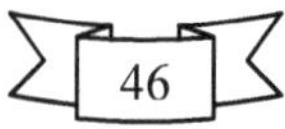

Droppteorin

Både Marchus och Maria sa i korus att de ville ha spaghetti med köttfärssås, med extra ketchup.
-Och vad får det vara att dricka.
-Vi tar väl mineralvatten och om du inte har det så tar vi vanligt vatten i en karaff. Det var Maria som svarade servitrisen som skrev för glatta livet.
-Då kommer vi snart ut med maten, sa servitrisen och skulle precis gå när Maria helt oväntat bad att få se det hon skrivit.
-Gud vilka vackra bokstäver ni använder er av, våra är så kantiga och industrialiserade.
Servitrisen blev en aning generad och pep iväg för att hämta beställningen.
-Såg du Marchus vilka vackra bokstäver de använde sig av.
-Jag såg och jag såg också att de var en aning långsamma att skriva om man behöver skriva något fort som t.ex. ett meddelande.
-Det verkar som om de är socialt rustade för besöket på Terra Goova. Kanske en aning naiva men det hoppas jag att

Jeannette och Jan inte kommer att utnyttja.
Maten kom in och alla började småprata med varandra solmånsbarn som människor. Maria och Marchus iakttog mest händelseförloppet och tycktes skönja en häpnadsväckande överlägsenhet och översittande typ. De pratade med solmånsbarnen som om de var mindre vetande, men det var ju i själva verket vi som misstolkat hela situationen och bombat ett fungerande samhälle tillbaka till stenåldern.
Maria blev lite förbannad och klingade med skeden vid kristallglasen.
-Jag känner mig så hjärtligt välkommen hit till eran planet solmånsbarn att jag nästan blir generad. Vi människor har alltid känt oss överlägsna andra varelser, och visst på Tellus, planeten vi kommer ifrån, så är vi varelserna med högst IQ men jag tror vi har lägst sympati och igenkännande av andra levande varelser. Vi kom till er planet, hälsade lite på er och sedan bombade vi hela planeten. Och nu står vi här jämte varandra sida

vid sida och det är inte tack vare oss utan det är tack vare er och er sympati som vi har möjlighet till det. Jag höjer mitt glas och skålar till solmånsbarnen och människornas samvaro.
Maria satte sig ner och alla i rummet applåderade stående.
Hon frågade tyst Marcus om det lät okej.
-Det var bland det finaste som sagts till dessa solmånsbarn och en välbehövlig skopa ovett till de stöddiga människorna.
Efter middagen så beslöt sig Maria och Marchus för att dra sig undan till rymdfärjan för en välbehövlig vila.
-Du Marchus vi åker väl ensamma i den här färjan va. Jag menar solmånsbarnen måste väl få plats i de andra tre färjorna?
-Ja herregud de var väl något på tretti personer, en färja tar ju ledigt 40 personer. Om vi delar upp det lite så kan de ju åka i två stycken färjor med femton personer i varje. Då åker de riktigt fashionabelt.
Maria fällde bak sin fåtölj när hon upptäckte en liten minibar.

Droppteorin

-Fan det finns ju en minibar ombord! Hur länge är det kvar tills vi ska åka hem till Terra Goova?
-Tja sisådär en 4-4½ timme.
-Då tar vi oss något gott att dricka sa Maria glatt.
Låt oss se vad som finns Gin, Alkoläsk, öl två halva flaskor rödvin det tar vi sa Maria och korkade upp en flaska.
Varsågod min herre, eller ska jag säga herr diplomat. Och varsågod min sköna dam.
De båda smuttade på vinet och njöt av stillheten i kabyssen. Somnar jag Marchus så väck mig inte förens vi är framme, jag tyckte flygresan var så jobbig.
-Jag väcker dig i god tid så du hinner vakna till ordentligt innan vi är framme.
Marchus satte sig jämte Maria och lade armen om hennes nacke och smekte henne ömt i håret.
-Den här dagen har vi skrivit historia Maria. Den första diplomatresan till en okänd civilisation och vi har överlevt.

Droppteorin

Det var fint av dig att hålla ett så välformulerat tal med viss beska åt mänskligheten som gjorde sig lustiga över solmånsbarnen.
Efter en liten stund somnade Maria och Marchus fångade precis hennes glas med rödvin innan det han skvimpa ut något vin. Sov älskling jag väcker dig lagom till hemkomsten. Själv smuttade han vidare på sitt glas. Och gick över till att smutta på Marias glas, när det var slut så kände han sig fortfarande sugen på något så han öppnade sig en flaska starköl.
Han sänkte bak Marias Ryggstöd och fällde upp en fotpall till hennes trötta ben. Marchus gjorde samma sak med sitt säte men med sätet precis jämte Maria.
Han gick lugnt över till Marias sida och gosade in sin arm under nacken på Maria.

Kapitel 31

Snuttan & Dumsnuten äntligen hemma

Maria sov under hela hemresan och vaknade inte förrän Marchus strök henne över pannan och kysste henne på kinden.
-Vi är snart framme nu snuttan.
-Ooh vad jag har sovit gott, fast inte så bekvämt känner jag. Jag har ont i hela ryggen.
-Jag ska massera dig när vi kommer hem. Förresten hur ser det ut hemma nu, vi måste ju matcha den högtidliga och pampiga mottagandet av deras diplomater.
-Marchus gick fram till kaptenen och frågade om han kunde få låna radion en liten stund.
-Han fick tag i Jeannette som direkt snappade upp vad han menade.
-Jag fixar det, ni två har ett par dagars ledighet efter den här resan, som jag förstår har varit mycket påfrestande.
-Tack Jeannette då lämnar vi över diplomaterna på hangaren till dig och Jan, sedan åker vi hem och sover ett dygn känns det som.

-Det blir jättebra, vill du och Maria skriva en rapport om hur läget befinner sig nere på planeten så vore jag glad. Det kommer så mycket militär information att det är svårt att sålla bort allt som inte hör hemma och fokusera på det civila samhället.
-Det ska jag visst göra men det blir nog inte förrän i morgon. Ikväll ska jag och min käresta bara mysa och sova. Klart slut.
-Klart slut.
Marchus tackade för lånet och frågade kaptenen om hur lång tid det är kvar tills vi är i hangaren.
-Tja, cirkus 20-25minuter är det kvar tills vi har landat och allt sånt. Det är nog kanske 10min kvar tills vi påbörjar inflygningen och kan börja se Terra Goova.
-Är du snäll och säger till oss när vi påbörjar inflygningen.
-Javisst det ska jag visst göra. Var det jobbigt nere på planeten, jag menar med alla skadade och döda?

-Jo, det var en mycket ansträngd resa. Det kom strömmar med hungriga, sjuka och skadade människor. Liten ljusning var det ändå att byggubbarna kom igång relativt fort med uppställningen av bostäder. Men på det hela taget så var det en mycket dramatisk och djupt depressiv bild jag fick framför mina ögon. Men nu är jag trött och går och sätter mig, du säger till oss och så då?
-Ja det ska jag göra.
Maria hade kurat ihop sig i innersätet och blundade.
-Snuttan vi är snart framme nu, kaptenen säger till oss när det är 10minuter kvar. Jag har även pratat med Jeannette angående överlämnandet av diplomaterna. Vi kommer att gå av vår skuta först så vi står vid trappan till deras rymdfärja. Efter det så ska vi bara åka hem och vila ett par dagar för att hämta hem oss.
-Vad skönt. Jag känner mig så trött, så tom, så slutkörd. Man skulle kunna tro att vi varit nere på planeten en vecka.

Droppteorin

-Vi har varit fullständigt fokuserade och det har ju inte varit helt lätt med språket heller. Visst vi förstod vad de sa och vad de menade men vi var ju tvungna att anstränga oss så mycket. Tänkte du på hur lika de var oss? Jag menar till utseendet och till sättet. Kanske att de även var något ödmjukare. Jag hoppas verkligen att inte Jeannette tänker utnytja det.
-Nej det tror jag inte, hon är nog snarare glad att vi fått sådan fin kontakt trots att vi i stort sett slagit ut en hel civilisation. Men vi har gjort vad vi satt upp oss att göra, vi har bevisat att droppteorin är sann, vi har bevisat att det finns civilisationer lik vår egen, och vi har bevisat att den har en kultur och sammansvetsning lik vår egen.
-Du har nog rätt jag känner mig bara så vansinnigt trött. En liten tanke slog mig, om vi är helt förbi av trötthet vad ska då inte diplomaterna i den andra kärran vara. Kanske det vore lämpligt att inkvartera dem i de tomma lägenheterna. De skulle ju faktiskt kunna få bo och

stanna här tills vi lyckats att montera ihop ett antal hus av finare kvalitet. Vad tror du om det?
-Låter sunt min lilla dumsnut. Men kan vi ta det i morgon?
-Nej, det här måste jag prata med Jeannette om NU.
Marcus gick fram till kaptenen och bad att få låna radion igen. Jeannette hej. Du förstår att ambassadörernas hus och liv är totalt-förstörda. Vore det inte lämpligt att de får inkvartera sig i några av de tomma husen eller lägenheter vi har över. Kanske de vill ta med sig sin familj upp hit i morgon. Vore inte det en fin gest, vi skulle ju rent av kunna ge dem ett varsitt kort med 20.000 crediter.
-Jag förstår vart du kommer ifrån och jag håller helt med dig. Det finns ett antal hus här på Terra Goova som kan vara lämpliga diplomatbostäder.
-Suveränt kan du boka dem åt diplomaterna så länge så talar vi med dem när vi har landat. Men kontakten vidare med diplomaterna får ni sköta

själva. Maria och jag måste hem och sova så fort som möjligt. Klart slut.
-Klart slut.
-Vi går in för inflygning nu, vi beräknas ha landat om ca: 10minuter.
Passagerarna reste på sig för att rätta till kjolen och blusen när de båda upptäckte hur skrynkliga de var. Maria borstade frenetiskt sin kjol och Marchus sina byxor.
-Jaja, det får duga så här, jag ska bara skvätta på mig lite parfym och borsta håret sedan är jag fixad och du med ser jag.
Väl framme på plattan möttes Maria och Marchus av Jeannette och Jan plus en stab av korrekt klädda soldater med värjor och gradbetäckningar.
-God afton fick Maria fram när de steg ner på plattformen. Gud så skönt att känna fast mark under sina fötter. När väntas diplomaterna inkomma de borde vara h… där titta de taxas just nu in.
Soldaterna stramade upp sig och spände skinkorna, höjde sina sablar och väntade Jan, Maria, Marchus och Jeannette stod

vid trappan och välkomnade de första diplomaterna att beträda Terra Goova. Maria och Marchus överlämnade dem i Jeannettes och Jans vård, varpå de gick ut utanför terminalen för att få tag i en trolley. Marchus viftade lite med handen och en trolley som stod parkerad rullade fram. De sade sin bostadsadress och lutade sig bakåt, Maria slumrade till direkt.

Öh, du Maria vi är hemma nu sa Marchus när de rullade in på gården. Muf, Maria kravlade sig ur bilen och de båda gick mot sitt hus. Maria gick som i dvala och Marchus låste upp dörren. Maria gick in och sparkade av sig sina skor och jacka resten av kldäderna slängde hon av sig samtidigt som hon gick till sängen. Marchus som inte var lika trött gick efter och plockade upp kläderna och slängde dem i tvättunnan, han tittade till Maria som somnat ovanpå överkastet i trosorna. Han tog fram en pläd ur skåpet och svepte om henne och pussade Maria på kinden.

Droppteorin

Sedan gick han ner till köket och hällde upp en stadig whiskey. Han gick igenom vad som hänt, vad de hade sett och känt under hela resan. Marchus kände sig ledsen och bedrövad över att situationen var som den var nere på planeten. Det kändes som om solmånsbarnen var så goda och fina varelser. Vi människor har nog mycket att lära från dem.
Marchus gick bort till garderoben och tog fram en filt till och lade sig med kläderna på jämte Maria.

Kapitel 32

De båda turturduvorna rår om varandra

Följande morgon så vaknade Marchus till den ljuvliga doften av nybryggt kaffe och scones. Han tittade upp och såg att Marias bädd var tom. Han tittade på klockan som visade halv elva.

Huganimej har jag sovit så länge tänkte Marchus.

-God morgon min solstråle sa Maria ömt när hon kom upp till sovrummet för att väcka Marchus.

-God morgon, gud va jag har sovit gott inatt.

-Jag också fast jag vaknade lite tidigare än dig så jag har fixat lite scones och nybryggt kaffe.

-Får man marmelad till?

-Ja om man önskar det så finns det både apelsin- och jordgubbsmarmelad.

-Gud va du är gullig, och det söta lilla förklädet kläder dig så fint.

-Den här trasan asch den är väl inte mycket att yva sig över.

-Jo det är den och det är du också. Du sov så gott inatt att jag inte ville väcka

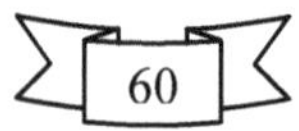

dig för att ta av överkastet. Därför sov jag i kläderna så jag inte skulle frysa. De känns skapligt skrynkliga nu.
Det gör inget dumsnut, vi tvättar bara upp dem och stryker på dem.
-Det är ingen brådska, det är ju snygg-kläderna och de använder jag inte så ofta.
Maria tog tag i Marchus hand och drog upp honom ur sängen och ner för trapporna.
-Varsågod min herre det är serverat ljumna scones med en kopp kaffe. Vilken marmelad önskas jordgubb- eller apelsinmarmelad?
-Jag tar gärna en apelsinmarmeladsburk.
-Varsågod sa Maria och räckte över burken. Ta det försiktigt så du inte bränner dig, jag tog nyss ut dem från ugnen.
-Man får tacka den sköna damen för detta påhitt med varma scones och kaffe…Förklädet känns som en bonus.
-Hur ser planeringen ut för idag då, frågade Maria.

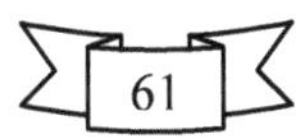

-Jo till att börja med så har vi ett par dagars ledighet, vilket jag tolkar som tre dagar. Sedan så ska vi skriva en rapport om läget på planeten, vilket mottagande vi fick, hur stämningen mot oss var osv. Jeannette bad mig skriva rapporten men jag tycker nog att vi bör skriva var sin rapport så får Jan och Jeannette två sidor av samma sak. Du och jag kan ju ha upplevt saker och ting olika. Sedan föreslår jag en schysst måltid i planetariet, med dryck av lite starkare karaktär. Allt för att uppväga det tråkiga och jobbiga nere på planeten. Men våra renhåll-ningsmaskiner jobbar för högtryck så det torde vara upprensat från beccerel och kadaver inom en snar framtid. Jag åter-vänder inte till planeten förens det är något sådär upprensat. Kanske låter hårt sagt men jag orkar inte med att se dessa solmånsbarn fara så illa.
-Du har rätt det var oerhört påfrestande att se detta lidande och den totala förstörelsen av en helt fungerande civilisation. Men det är klart vi visade ju lite muskler och kuvade invånarna till

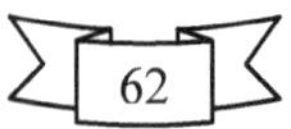

samförstånd. Tänkte du också på hur lika oss de var till utseendet. Fast de var i stort sett likbleka med lite större ögon som var kolsvarta. Annars verkade kroppsbyggnaden vara identisk med oss. Men de verkar ha ett märkligt immunförsvar som kunde stå emot så pass hög stråldos av radioaktivitet som måste ha utvecklats från våra bomber.
-Jag hoppas verkligen att Terra Goova Enterprise inte ska ha betalt för de futtiga husen som nu byggs nere på planeten.
Vore det inte på sin plats att fråga invånarna hur de vill att deras hus ska se ut. De kanske har helt annan uppfattning av hur husen ska vara konstruerade.
-Ja det vore ju en smart idé att fråga om det finns någon av deras arkitekter närvarande i något av lägren. Han eller hon skulle ju i samråd med våra egna arkitekter och ingenjörer kunna skapa hus som de är vana vid. Kanske att en sådan simpel sak som att toaletterna ser helt annorlunda ut. Men visst känns det

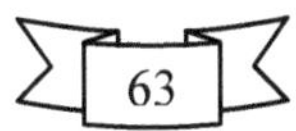

väl ändå som om vi närmar oss en assimilation.

-Tja det tycks bli en assimilation på våra villkor. Vi dikterar och de accepterar. Just nu så är solmånsbarnen i ett kraftigt underläge. Men vad händer när de blir mer hemtama, vem kommer då att diktera lagar och regler? Kommer vi att gå säkra på planeten eller hyser de ett tyst agg mot oss och knyter näven i fickan.

-Men det var smart av dig att komma på de tomma lägenheterna som finns tillgängliga här ombord Terra Goova.

-Ja det finns ju några stycken att tillgå. Och då får vi ju se på nära håll hur de reagerar mot oss när stressen släpper och ett vardagligt lugn sprider sig.

-De är väl rätt fina de lägenheterna som finns kvar?

-Tja, de ser ut ungefär som min lägenhet gjorde, ultrabasic, men det är ju en god start från att ha tvingats att bo i tält.

-Jo, det var ju vi som tvingade in dem i tältläger. Jag tycker att läkarna nere på plats ska få avgöra vilka som är så pass

dåliga att de behöver mer ordnade former än ett fältsjukhus. Här uppe kan vi ju ha ett team som åker runt och medicinerar och lägger om förband. Politikerna som var deras diplomater kändes inte särskilt skakade över det som hänt. Det känns som om det är en ständigt pågående maktkamp, en ständig strid om vem som ska bestämma. Någon har lurat i dem att deras gud är den starkaste och grymmaste av dem alla därför måste vi lyda de präster och inskriptioner som stödjer denna trosuppfattning. När vi kom så bröts allt samman, en mental och fysisk kollaps. Inget av de gamla reglerna tycktes stämma och eftersom vi tycktes starkast så föll det sig naturligt att lyssna till oss, att söka och be oss om hjälp. Men vad händer om myntet slår runt och vi hamnar i en position då vi skulle behöva solmånsbarnens hjälp. Skulle vi då få den eller skulle de se ett sätt att bryta sig fria från oss? Bryta sig loss från diktaturens bojor.

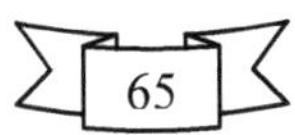

-Apropå namnet solmånsbarnens, skulle du vilja ha barn med mig? Maria rodnade lätt och var djupt alvarlig.
-Det kan du ge dig fan på. Jag älskar dig så mycket och du har så mycket att ge. Du är generös både materiellt sett och generös av dig själv. Om jag får välja en enda människa att gifta mig med och ha barn med så är det du Maria. Nu var Marchus gravalvarlig, han tog Marias hand och bad om att få gifta sig med henne.
-Maria flög upp ur stolen och kastade sig runt Marchus hals. Ja det får du fick Maria fram mellan snyftningarna. Hon satte sig i Marchus knä och de kramades och pussades och tiden tycktes stå stilla. Efter en stund sa Marchus vi måste sätta upp ett datum för vår vigselförätning.
-Jag vill göra nu på direkten sa Maria helt spontant.
-Nej sa Marchus. Ska det vara så ska det vara ordentligt. Först så måste vi ha en lysning i en dagstidning där vi bestämmer datum för vigsel, och då ska vi även förlova oss. Du ska ha en

klänning du tycker om och jag ska ha en kostym jag trivs i. Sedan måste vi ju beställa en tårta, Den behöver ju inte vara så stor eftersom det i stort sett bara blir du och jag och Jeannette och Jan. Jeannette och Jan får ju även bli vittnen. Sedan ska vi ha ledigt i alla fall 2 veckor som smekmånad, så vi riktigt kan rå om varandra. Vi behöver ju lite tid till att tillverka det här efterlängtade barnet.
-Men jag tänker inte bli någon ynklig hemmafru som sitter hemma och ugglar hela dagarna.
-Absolut inte, den tiden som du behöver vara hemma med barnet kommer jag ta hem material till dig som du kan jobba med hemifrån. Sedan får ju jag lösa av dig så du också får känna på världen utanför hemmet.
-Du är så snäll Marchus.
-Nja jag vill bara inte att det ska bli som med min förra fru som jag hade på Tellus. Hon hade noll koll på vad jag gjorde om dagarna hon överöste mig med familjens problem som uppstått under dagen. Jag vill hellre att du får

uppleva dagen utanför hemmet lika mycket som jag. Och så vill ju jag också lära känna lillknorren lika mycket som du.

Kapitel 33

Förlovning/Giftemål Något Av Mänsklighetens Stora Gåvor

De båda tu gick följande dag iväg till en guldsmedsaffär och tittade ut ett par fina förlovningsringar.

-De blir klara om ca: 2veckor sa expediten.

-Du Maria är det inte lika bra att vi beställer din vigselring nu också när vi ändå är här.

Maria provade och provade till slut hittade hon en diamantring med några blå stenar runt diamanten som hon ville ha.

-Vi vill att du graverar in mitt namn i Marias ring och Marias namn i min ring. Sedan vill vi ha datumet ingraverat i båda ringarna och även i Marias Vigselring.

Vigselringen ska jag betala sa Marchus, det är min gåva till dig.

Expediten tog betalt och de båda gick ut ur butiken.

Marchus tyckte att det var lika bra att sätta in en lysningsannons i tidningen

redan nu eftersom de ska förlova sig om två veckor och gifta sig om tre. De tog en trolley bort till dagstidningens redaktion. De förklarade sitt ärende och betonade att det skulle vara två annonser. Det hela var gjort på fem minuter.
-Nu, sa Maria, vill jag fira detta med en sjuhelsikes stor brakmiddag och jag vill göra det på en Kina krog. Du vet en sådan där man kan få fyra små rätter.
-Låter jättetrevligt men vi måste skriva våra rapporter i dag så Jeannette blir nöjd. Sanningen att säga så vill jag få ut våra intryck så snabbt som möjligt så att jag får ut dem ur systemet, om du förstår vad jag menar.
-Du har rätt, det måste få gå i första hand. Solmånsbarnen måste få skydd och intensiv hjälp snabbt. Våra rymdfärjor måste åka i skytteltrafik med material och byggubbar. Nu har vi ju i alla fall etablerat en diplomatisk kontakt.
-De båda tog en trolley hem och satte sig att skriva varpå Maria sa; -Nej jag tar min laptop och sätter mig i köket i stället.

-Ja visst gör du det så knattrar jag här uppe. Efter någon timme så ropade Maria att kaffet var klart.
-Mm, fick hon till svar men ingen Marchus kom så Maria gick upp och hittade Marchus djupt försjunken i rapporten.
-Marcus sa Maria med len röst, det är fika nu. Jag har tagit fram några bullar ur frysen också.
-Jag kommer, det kan vara skönt med en liten paus.
Marchus gick ner och satte sig med sin kaffekopp och bulle och bara stirrade ner i bordet.
-Hur är det fatt Marchus frågade hans fästmö.
-Jag känner mig så ledsen när jag skriver rapporten, det är som att uppleva allt en gång till. Men nu är jag i stort sett klar med rapporten och kan lägga den bakom mig. Men vi får ALDRIG glömma vilken sorg och smärta vi åsamkat dessa solmånsbarn.
-Jag är också ledsen men jag tog nog ut det mesta av min sorg igår på färjan när

du pysslade om mig. Ska vi skippa kinakrogen ikväll och bara mysa hemma istället?

-NEJ, vi ska iväg och fira VÅRAN dag, och vi ska göra det utan dessa bekymmer. Nu har jag skrivit rapporten nästan färdigt och sen är det historia. Sedan vill jag blicka framåt mot vårt liv tillsammans.

-Maria sken upp som en sol och sa jag har köpt en röd topp på postorder som jag tänkte ha ikväll. Jag har skrivit färdigt min rapport så jag hoppar in i duschen och fixar till mig. Du kommer att ta mig med storm inatt om jag känner dig rätt.

-Nu börjar jag bli riktigt tänd, jag ska bara skriva klart några rader så kommer jag och gör dig sällskap i duschen.

Marchus gick upp för trappan och satte sig att skriva de sista raderna.

Han gick sedan ner för att klä av sig och hoppa in till en trånande Maria.

CENCUR

Efter en het dusch, väldigt het och naken dusch eller man kanske kan kalla det

uppstod ett litet vattenkrig med schampo-flaskorna mot dusch crème.
-Du Maria ska du inte med upp till sovrummet och sätta på dig dina paltor med?
-Nej jag är bara halvfärdig i duschen. Jag ska ju raka mig under armarna och på benen.
-Okidoki då går jag väl ensam upp till sovrummet och svidar om mig. Marchus tog fram nya strumpor, kalsonger, skjorta och en schysst kostym av ett hyfsat märke. Han tog god tid på sig och njöt faktiskt riktigt mycket över allt som hänt idag, han skulle få gifta sig med den person som han älskade mest av alla. Kanske de till och med skulle få barn ihop. Tankarna virvlade runt i skallen när han plötsligt kom på att han glömt slipsen. Han rotade i lådan och hittade en blå slips som tycktes fungera ihop med de övriga kläderna.
-Oj oj oj, stiliga ture ser jag, snyggt babe men nu får du gå ut så jag får klä mig ifred.

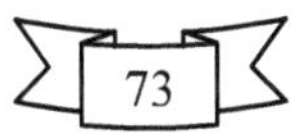

-Jag går ner och bokar ett bord på någon kina krog.
-Gör så men stäng dörren efter dig.
-Marchus bokade ett bord på en till synes respektabel kina krog. Han vågade inte beställa en trolley förrän Maria var klar.
-Är det okej om jag tittar på din rapport ropade Marchus.
-Ja visst.
Marchus öppnade Marias dator och letade upp filen och läste. Hon hade haft samma upplevelser som Marchus och tagit lika illa vid sig av det hon sett. Marchus stängde Marias dator med en suck.
När Maria var ombytt, tillsnofsad och klar gled hon ner för trappan likt en ängel och formligen lyste av aura.
-Men snuttegumman vad du är het alltså. Det är knappt man vågar närma sig dig. Du är så vacker, så söt och äh kom hit så jag får kyssa dig min älskade blivande hustru.
Maria ringde efter en trolley och de båda susade iväg till kina krogen. De hade en mysig och väldigt sensuell afton med lite

dricka och mycket mat och prat om framtiden. För de kände på nytt att det fanns en framtid även för dem. En känsla som inte funnits på ett bra tag varken för Marchus eller Maria.

Maria och Marchus tog fnissandes och pussandes en trolley hem och där…CENSUR.

Dagen därpå vaknade både Marchus och Maria skapligt tidigt, troligtvis därför att de inte druckit mycket alls och därför att de båda ville lämna in sina rapporter och höra hur diplomatmötet fallit ut.

Kapitel 33

Solmånsbarnen och Människor i Samlevnad???

Mötet mellan Jeannette, Jan och solmånsbarnen hade fallit mycket väl ut. De hade kommit så långt att de börjat diskutera bostäder och åkermark med tillhörande djurhållning. De tyckte alla att den mänskliga maten smakade mycket bra så vi kunde plantera ut vår boskap och viltdjur vi hade med oss. Solmånsbarnen hade aldrig haft något penningsystem utan alla hade sysslat med det de tyckte var roligast och det hade fungerat bra i alla fall 4500 år. Allt hade byggt på ett samarbete visst fanns det politiker som såg till att det mesta skötte sig och ibland fick de rikta allas uppmärksamhet på något särskilt som t.ex. sjukvård, skola eller äldreomsorgen. På det hela taget så var det en mycket sympatisk samling individer, och vi var varmt välkomna att bruka jorden och flytta ner vår egen befolkning vart efter det byggts bostäder. Men något penningsystem ville de inte medverka

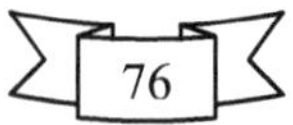

till. Som solmånsbarnen såg det så skulle det bara degradera invånarna och törsten efter penningen skulle bli för stor. Man skulle glömma det viktigaste i livet nämligen glädjen, glädjen till att göra sin nästa lycklig. Men så hade de en väldigt totalitär religion där straffen var mycket kännbara för dem som inte lydde kyrkan det strängaste straffet var döden, genom tortyr. Så man kan säga att deras belöningsaxel var genom kyrklig tro. Därför tycker jag att vi fortsätter med vår belöningsaxel med crediter baserat på arbetsinsats, avslutade Jeannette sin rapport med.
När Marcus läst den så sa han, Tja det var ju bara en exakt följetong på vår rapport från planeten.
-Ja sa Jeannette, det känns ruskigt där nere men vi börjar få kontroll över situationen och vi har ett antal tusen inkvarteringar här på Terra Goova som står till solmånsbarnens förfogande. De har redan börjat flytta in och de har alla fått ett var sitt kort laddat med 20 000 crediter. Vi tänker att det är en god

början till att introducera ett penningsystem på planeten så kyrkan får betydligt mindre makt. Vi har planer på att introducera det även i flyktinglägren också. Där de får 20 000 crediter till att betala sin mat och sitt uppehälle med. Naturligtvis så kommer de även att kunna köpa lite trevliga saker också, såsom biobesök och restaurangbesök. Kanske de vill piffa upp sig en aning med nya kläder eller lite parfym. Kanske att det kan få deras tankar på något positivt i stället för att grubbla över sin livssituation som är slagen i spillror.

-Hur ser det ut med deras boende som ska byggas nere på planeten? Frågade Maria.

-Jo de har levt ungefär som vi i både villor och flerfamiljshus. Duschen ville de ha vattenburen likaså vattenburna radiatorer till värme källa. Tydligen så kan det bli väldigt kallt på planeter över vinterhalvåret. Planeten är även något mindre än Tellus, därför blir det färre dagar per år. De visade mig sin kalender men jag har glömt hur den exakt såg ut.

Därför är byggandet av vatten & avlopp samt vattenreningsverk i full gång. Vi har färdiga moduler som bara är att sättas upp här på Terra Goova.
-Hur ser det ut på vatten tillgången då, undrade Maria?
-Den är god, planeten har mycket gott om färskvatten som rinner i forsar sjöar och även glaciärer. Så råvattentäkter är det inget problem med att hitta. Och rening av vatten och färskvattensdistribution är så billig att den bjuder vi på.
Villorna och en del flerfamiljshus står faktiskt redo att flyttas in i.
Solmånsbarnen har fått välja möbler ur kataloger som vi tryckt upp åt dem. Så vi hoppas det ska bli okej nödbostäder.
-Och deras kyrkor hur ser de ut, jag har förstått att deras religion är mycket viktig för dem, frågade Marchus.
De har förkastat sin tro när de såg kraften i våra missiler. De trodde att deras tro skulle skydda dem mot allt bara de följde vissa riter och ritualer.

-Men då måste de väl göra ett avstamp från sin religion med någon form av rit undrade Jan.
Jo det är riktigt och vi kan räkna med att det kommer finnas de som vägrar acceptera nedläggningen av deras religion, utan väljer att gå under jorden.
-Apropå ingenting så ska Marchus och jag förlova oss om två veckor och gifta oss om tre veckor. Det blir en stor balluns och vi kommer att ta ut tre veckors ledighet då vi försvinner till hemlig ort, vi har sett att det finns några hotell och rekreationscenter här på Terra Goova.
-Men Marchus har du inte fått nog av giftermål än? Frågade Jeannette
-Nej, inte när man hittar den rätta. Då finns det inte några regler eller någon historia som kan hindra en.
Både Marchus och Maria fick varsin bamsekram både av Jeannette och Jan.
Nej hörni nu släpper vi det här med solmånsbarnen och deras planet och ägnar oss åt varandra en tid. Härmed utlyser jag tre dagars ledighet åt alla som

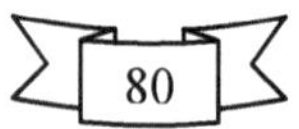

har med den teoretiska delen av projektet att göra. Gå hem ni turturduvor så ses vi om tre dagar.

Droppteorin

Kapitel 34

zzzZZZzzz Det flummiga rökattzzzZZZZzzz

-Följande morgon vaknade Marchus och Maria med en sjuhelsikes huvudvärk.
-Drack jag så mycket i går undrade Marchus.
-Det undrar jag med flämtade Maria. Det satt några solmånsbarn vid baren och rökte jag trodde det bara var vanliga cigaretter men det skulle ju kunna vara något annat.
-Strunt i det nu här har du några huvudvärkstabletter. Jag går ner och fixar lite frukost. Marchus gick ner för trappan när han plötsligt svimmade och ramlade ut för trappen.
Maria kom utrusande som en raket när hon hittade Marchus krampandes på golvet. Hon slängde sig på telefonen och ringde efter en ambulans. Det tog inte många minuter förrän ambulansen var framme med bår och en låda med mediciner i. De injicerade kramplösande medel direkt varpå Marchus slutade krampa och blev kontaktbar igen.

-Vi tar med dig till sjukhuset Marchus sa en av ambulanskillarna.
-Okej, kan Maria få följa med i ambulansen? Frågade Marchus.
Ja visst. Hon får åka framme hos mig sa ambulansföraren.
-Jag ska bara hoppa i lite kläder fann sig Maria att säga. Hon formligen flög i kläderna och gick ut till bilen.
Väl på sjukhuset så togs en väldig massa prover.
-Läkaren frågade om Marchus gjort något särskilt dagen innan och då fann sig Maria och sa att de hade tagit en öl på en restaurang och där satt även solmånsbarn och rökte något som såg ut som cigaretter.
-Jaha du, då får vi drogtesta er. Urinprov är inte aktuellt med tanke på Marchus dåliga almäntillstånd sa doktorn. Utan vi får ta ett blodprov både på dig och på Marchus i stället.
De tog blodproverna och hittade en blandning av Cannabis och rökheroin.
-Detta är en oerhört kraftfull och oerhört farlig blandning sa doktorn. Ni ska båda

få med er tabletter mot ert illamående och svimningar. Reaktionen ni har haft är inte bakfylla utan troligen en abstinens. Sedan får vi trappa ner på styrkan av tabletterna successivt. Jag måste även göra en förgiftningsanmälan till Jeannette. Det är inte riktigt att de ska sitta och droga ner sig på almäna utrymmen där folk ska ha roligt.
-Nej sa Marchus det här va fan inte kul. Du ska ha tack för hjälpen men nu måste jag och Maria skynda oss till HQ för att avlägga en rapport. Sedan ska Maria och jag hem och kurera oss.
-**NEJ** sa doktorn. Ni ska båda hem och **VILA ER NU DIREKT. JOBBET FÅR NI TA TAG I NÄR NI FRISKNAT TILL.**
-Maria ringde upp Jeannette direkt de kom hem och avlade en rapport.
-Hur är det fatt frågade Jeannette.
-Vi har väl mått bättre. Bekymret är att puben var fullsatt igår, så det lär nog bli fler besök på läkarmottagningen. Jeannette vi måste söka igenom varenda lägenhet och hus som solmånsbarnen

vistats i. Sedan måste vi visitera varenda en av dem och plocka av dem narkotikan. De får hålla sig till tobak och alkohol som berusningsmedel och små mängder amfetamin som uppiggande medel.

Jeannette ringde upp Brigader General och bad om polisiär assistans. Det enda som Generalen kunde bistå med var Millitär Polisen ”MP” någon annan form av polis fanns inte.

-Okej sa Jeannette. Vi koplar in MP och ser vad de kan luska fram.

-Ett ytterligare problem som finns är att ett undantagstillstånd måste införas, annars har ”MP” ingen befogenhet att operera. Inför du ett undantagstillstånd så överlämnar du också makten till mig. Men det kommer att ske under en väldigt begränsad tid. Jag kommer hela tiden att konsultera er om vilka steg vi ska ta så jag inte förstör något i assimilationen.

-Då inför jag härmed ett…

-Du Jeannette du måste göra det offentligt genom radio och tv, sa Generalen.

-Okej, ring hit tv och radio både på Terra Goova och på planeten.
TV och radio var snabbt på plats med en så smaskig nyhetsutläggning.
-Jeannette förklarade att ett undantags-tillstånd är upprättat och samtliga invånare både på Tera Goova och på planeten är berörda. Inflygningen av material som inte har humanitär art bryts. Den transporten som rör mediciner läkare osv. kommer att vara kvar.
Jeannette satt och väntade ute i väntrummet på att första radio kontakten skulle knytas.
-Ja det var 1-3 här som vill avlägga rapport.
-Vi hör er klart och tydligt.
Rapporten är som följande solmånsbarnen i den här inkvarteringen innehar en stor mängd narkotika av den sort ni beskrivigt. Vi hittade även stora mängder narkotika klassade tabletter. Jag vet inte om de är tunga narkomaner hela högen.
-Det kan ju vara så att de är immuna mot narkotikan precis som med

radioaktiviteten. Jag menar att de själva inte känner mycket av den.
-Rapporterna haglade in om nya fyndigheter av narkotikan och alla besök till sjukhuset som går på knäna. Vi börjar få ont om mediciner mot abstinensen som kan vara dödlig om den inte behandlas.
Jeannette gick in till Generalen och bad om extrastöd till läkemedelsfabrikanterna så att de snabbt kunde öka sin kapacitet med läkemedlet. Generalen bifalde den åtgärden och bad Jeannette om assistans i att hålla kontakten med de farmacephtiska bolagen.
-Jeannette i radion, vi kommer att öka kapaciteten så mycket det går med just exakt den medicinen, övrig medicin får stå tillbaka tills vi fått kontroll över situationen.

Kapitel 35

Det gnisslar lite i det diplomatiska kanalerna, Dricka Ok, Röka förbjudet

Nu började även protester från solmånsbarnen att trilla in. Det är minsann okej att dricka alkohol som är så skadligt men att röka lite egna kryddor är minsann förbjudet.

-Hade det inte varit så farligt för oss i omgivningen så hade ni fått fortsätta att röka det ni röker. Men nu läggs personer in på sjukhus tack vare er rökning. Och tack vare er rökning så har jag varit tvungen att utlysa ett undantagstillstånd där militären är polis och det känns väldigt tråkigt, svarade en något barsk och pressad Jeannette.

De diplomatiska kontakterna blev frostiga för att uttrycka det milt.

Då drog Jeannette lite i de humanitära trådarna och beordrade att den humanitära hjälpen skulle bli ett minimum tills den här konflikten var löst.

Inom 24timmar så var konflikten löst och solmånsbarnens ledare gick via sina diplomater ombord på Terra Goova i bräschen för att få stop på narkotikan och plötsligt började man lämna in på polis-stationen sina lager av röknarkotikan. De förklarade sig så att de själva inte kände någon större berusningseffekt av drogen utan att det var nog ungefär som vad cigaretter och snus var för oss. Men alkoholen var den drog som nog både människan och solmånsbarnen kunde enas om var lämplig för dem bägge.

Jeannette gick ut med ett dekret om att alla tobaksvaror numera är förbjudna då solmånsbarnen har gått med på att sluta röka narkotikan. Naturligtvis så kommer det att finnas rökavvänjnings medel i form av tuggummi, plåster och munsprayer både vad det gäller solmånsbarnens rökheroin som människornas tobak. Containrar placerades ut med vakter runt för att säkerställa att det som kastades i containrarna skulle få ligga kvar där. Det hela tycktes lösa sig och likt en manifestation ställde sig flera hundra

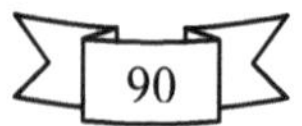

solmånsbarn och människor utanför HQ och begärde att allt som låg i containrarna nu skulle brännas. Maria och Marchus var hemma men såg det hela på TV. Maria ringde upp en något uppstressad Jeannette och sa vi bränner skiten i värmepannan vid värmeverket.
-Du har rätt det måste göras nu medans människorna och solmånsbarnen är sams. Det kan ju bli ett lyckligt slut på den här historien.
Jeannette tillsammans med Generalen beslöt att innehållet i containrarna skulle förstöras genom att eldas upp i värmeverket. Stora lastbilar kom eskorterade av militärpolisen och tog med sig containrarna för destruktion vid värmeverket. Allt visades i TV och recenserades i radio.
-Jaha då har vi gjort ett diplomatiskt avstamp sa Jeannette tyst för sig själv när hon tittade på TV:n och såg container efter container åka in i brännugnen. Jag trodde faktiskt att vi skulle få större problem med solmånsbarnens narkotika än vad vi fick.

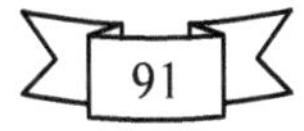

Att priset var tobaken var lågt, mycket lågt i jämförelse mot vad det kunde ha varit. Det kunde mycket väl ha blossat upp stridigheter mellan militärpolisen och invånarna på planeten.
-Jeannette letade upp Brigader General för att återta undantagstillståndet. Radio och TV var närvarande som brukligt är. Jeannette höll ett tal om att brödraskapet och systerskapet åter är infört. All normal verksamhet både på planeten och på Terra Goova är återinfört. Hon tackade Generalen för MP:s fina insats och betonade att hon var glad att ingen kommit till skada under perioden av undantagstillståndet.
Alla närvarande applåderade samtidigt som Jeannette skakade hand med Generalen.
Det var kväll så Maria knäppte av TV:n och gick upp till Marchus som låg och läste lite.
-Hur mår du Marchus frågade en lite bekymrad Maria?

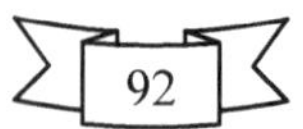

Droppteorin

-Jo jag mår rätt okej, tabletterna vi fick på sjukhuset fungerar ganska bra. Du då hur är det med dig?
-Jag känner mig lite håglös lite småfebrig och kroniskt törstig.
-Vi tar kontakt med sjukhuset i morgon, dom kanske måste höja dosen en aning.

Kapitel 36

Maria är sjuk, faktiskt döende om inget görs omgående.

Marchus ringde till sjukhuset följande dag för att se vad som kunde göras åt Marias feber och håglöshet.
Han fick till svar att Maria troligen blivit resistent mot medicinen och skulle därför behöva byta till en annan lite starkare sort. Vi behöver inte träffa Maria för att göra den här medicinändringen utan ni kan gå direkt till apoteket och hämta ut medicinen.
-Maria mår ganska dåligt kan jag hämta ut den i hennes ställe?
-Javisst ta bara med dig din och Marias legitimation så ska det gå bra.
-Tack så mycket för all hjälp, när kan medicin hämtas ut ungefär?
-Den är klar redan nu, så det är bara att ge sig av.
-Tack än en gång
-Maria du har fått en medicin ändring och jag ska kuta iväg till apoteket för att hämta den men jag behöver din legitimation.

-Okej, den ligger i min väska bakom dig.
-Den här?
-Ja får jag den så ska vi se, här är den. Jag behöver inte följa med då?
-Nej hon jag pratade med på sjukhuset sa att det räckte med att jag uppvisade din och min legitimation.
-Jaha, ja då ligger jag kvar här och vilar mig.
-Gör det så kommer jag snart.
Markus gick iväg, det låg ett apotek i hans kvarter några hus längre bort så det var inte särskilt långt att gå. Ärendet var snart uträttat och han köpte några veckotidningar med korsord i till Maria. Marchus skyndade hem till sin blivande hustru.
-Halloj, ropade han när han klev in.
-Hej, är du redan tillbaka?
-Ja det var ingen kö så det gick snabbt. Varsågod jag tog med lite vatten. Jag köpte en stor läsk också, ställde den i kylskåpet så den skulle bli kall. Skulle tro det vore bra för fröken med lite snabba kolhydrater.

-Ja det är väl det enda som skulle vara snabbt i så fall.
-Jag tror ditt huvud skulle må bra av lite gymnastik så jag köpte några veckotidningar också så du har något att fördriva tiden med.
-Vad du är söt, kom hit så jag får ge dig en puss, det blev en lång kyss med tungor och tonsiller inblandat.
-Tur att du inte har någon virusinfektion Maria, för då hade jag legat jämte dig precis lika dålig som du.
Nej jag ska gå ner och sätta på kaffet och se om det kommit in några intressanta mail. Vill du att jag hämtar din lapptopp åt dig.
-Ja det vore hemskt snällt, ta med elkabeln också. Kan tänka mig att den blivigt en aning urladdad.
-Visst, här är dator och här är kabeln, ska vi se vart det finns något käckt uttag någonstans då? Här borta i hörnet sitter ett bra uttag, räcker sladden till dig?
-Jodå det blir bra min lilla dumsnut.
-Jag går ner och sätter på kaffe, skulle det smaka, eller mår du för dåligt? Alltså

jag menar att jag kommer upp med kaffet till sängen så fikar vi här.
-Hjärtans gärna, gud va du är snäll mot mig. Jag hade sådan tur som träffade dig.
Marchus gick ner för trapporna och satte på fikat. Sköterskan han pratat med sa att effekten av den nya medicinen borde bli omgående max en halvtimme skulle det dröja.
Marchus höll koll ett öga på klockan samtidigt som han i snigelfart satte på kaffet och värmde några muffisar. Han satte sig att läsa tidningen och glömde helt bort tiden men kom på sig efter en stund och gick upp med fikat när han såg Maria sovandes lugnt och tryckt.
-Äntligen får du sova sa Markus för sig själv. Han bar ner brickan igen och hällde upp en mugg kaffe åt sig. Han fortsatte läsa sin tidning när Maria ropade på honom. Hon behövde gå på toaletten och skulle känna sig tryggare om han ville följa henne.
Marchus slängde en blick på klockan det var en timme sedan hon tog sin tablett,

hon borde ha fått någon effekt av medicinen nu.
-Jag kommer ropade Marchus till svar samtidigt som han tog trappan i tre steg.
Maria satt på sängkanten och väntade.
-Hur mår du snuttan frågade Marchus?
-Mycket bättre faktiskt, men jag känner mig lite osäker på att gå till toan själv ifall jag ramlar.
-Jag går här jämte dig. Hur känns det, är du fortfarande yr och matt?
Nej faktiskt inte…Jag mår faktiskt riktigt bra känner jag nu.
-Va kul då går jag ner och sätter på den där kaffekoppen så kan vi fika där nere, kanske till och med på altanen. Det är ju ett strålande semester väder sedan Jan fixade med lamporna samma sol och värme som i Spanien.
-Maria kom ner i trappan och stannade upp och ropade ”Vart är du… och vart är kaffet”
+-Jag är här på altanen, tänkte vi kunde fika ute idag ropade Marchus tillbaka.
-Du Marchus jag har tänkt lite. Vad tänker du om dessa ”solmånsbarn”. Är

det verkligen dessa figurer vi vill ha till grannar. Jag menar vi har förstört i stort sett hela deras värld och ändå vill de knyta någon sorts band till oss. Det känns nästan som om de falskt tyr sig till oss som om vi skulle lätta på pungen ännu mera. VI SKA INTE FJÄSKA FÖR DEM, DE SKA FJÄSKA FÖR OSS, OCH MENA DET. Om de spelar falskt så kanske de fjäskar men av helt andra orsaker. Vi är knappast vänner, vi är inte heller bekanta utan vi är några luddiga främlingar där den ena parten söker vänskap och den andre bara ser på. Kanske det är dags att lägga lagen, det var ju på vårt skepp de missbrukade narkotika och gjorde många människor sjuka. De reflekterade knappt över saken utan det var bara vi som var svaga. Men jag tycker det var bra av Jeannette och ta i med hårdhandskarna och kalla in Generalen och utlysa marsal law. Konstigt att vi under hela forskningsfasen aldrig tänkt på polisen. Det är ju klockrent att vi behöver en polisstyrka och en polisiär myndighet.

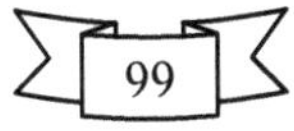

-Jag tror att Jeannette också går och funderar i dessa tankebanor, sa Marchus.
-Kanske det vore bättre att antingen ta en bit land med våld om så kräves, eller helt sonika lätta ankar för att se vad som finns på andra planeter.
-Jag röstar för det första alternativet. Vi har haft diplomatiska kontakter, vi har etablerat någon form av förtroende mot varandra. När vi sa till om rökat så lämnade faktiskt alla in sin narkotika. Vad mer finns det att begära av dessa solmånsbarn tills vidare?
Nu återstår bara byggandet av hus och kultiveringen av marken så vi kan börja odla vår och solmånsbarnens mat där. Sedan **måste** vi införa någon form av belöningsaxel vi har ju vant oss med crediter, kanske det är en form att bygga vidare på.
-Jo du har nog rätt. Solmånsbarnen kunde ju faktiskt inte veta att vi var överkänsliga mot deras cigaretter. Och kanske är det så att de går att lita på mer än vad vi tror.

-Ja jag tycker nog att vi ska satsa på den här planeten och se solmånsbarnen som en god granne.
-Jo vi har ju ända sedan vikingatiden idkat handel med främmande folkslag. Visst vi rövade ju först för att sedan sälja det till ovetande främlingar. Hur som helst så har vi ju alltid haft ett penningsystem som motor i våra samhällen.
-Vi får nog ta upp det här men Jan när vi kommer tillbaka till jobbet.

Kapitel 37

Tre dagar passerade med lugn och ro. Maria och Marchus kurerade sig med medicin och mådde förvånansvärt bra. De hade kommit in i en skön dygnsrytm och sovit ut på mornarna haft kuddkrig och tagit långa promenader och bara varit med varandra.

-Maria berättade att hon nu slutat ta p-pilrena så när mensen kommer är det bäst att han håller sig på mattan. Marchus skrattade och sa jag hoppas att vi ska överleva det med. Vi kommer att få det så bra ihop ska du se med eller utan p- piller. Och om du blir gravid så är det en himmelsk gåva det första människobarnet som föds i ett annat universum. Du kan räkna med att jag kommer att vilja vara hemma precis lika mycket som du snuttis.

-Dumsnut det är klart du ska det. Jan och Jeannette kan se sig om i häcken om de tror att vi tänker sätta jobbet först. Jeannette hade haft tre häktiska dagar framför sig med diplomati och försök till

samspel. Till slut hade både solmånsbarnen och den mänskliga delen kommit överens om att det vore bäst om den styrande delen av jordborna flyttade upp till Terra Goova i de tomma lägenheterna. De hade tittat runt med stor förundran om hur fint och välordnat allting var. De började även rucka lite på sitt beslut om att använda någon form av belöningsaxel som t.ex. crediter var. Allt man tjänar är beroende av din arbetsinsats och inte din ställning i samhället.

-Vi vill bo hos er som bröder och systrar, som jämlikar, sa Jeannette.

-Ja fyllde Jan i, vi vill varken vara mer eller mindre värda. Och vi har en hel del kunskap som vi gärna delar med oss av.

-Då är det bestämt, vi utser de som ska bo här uppe på Terra Goova inklusive oss själva. Men vi måste göra något åt ert strupband, ni låter ganska skojigt.

-Då lämnar vi er här på Terra Goova några dagar till så kan ni utse vilka som ska följa med upp till oss. Men det måste vara NI själva som fattar beslutet och det

måste vara NI som talar om resultatet för era med-borgare.
Maria och Marchus tittade in på HQ när deras sjukledighet var slut.
-Hur går det med solmånsbarnens diplomater frågade Maria lite hurtigt?
-Jodå det har gått relativt friktionsfritt. Jan och jag själv har lämnat dem fritt här på Terra Goova att fundera ut vilka som ska få skickas upp hit till de tomma lägenheterna och vilka som ska vara kvar. De har alla fått ett plastkort laddat med 20 000crediter, precis som vi alla fick när vi började vår resa.
Arbetet med radiacförgiftningen efter missilerna börjar gå mot sitt slut.
Vi har börjat förbereda kultiverings-maskinerna för transport ner till planeten. I takt med att vi fått bort strålningen så har regnet börjat avta. De sjukaste och mest skadade är på bättringsvägen övriga plåstras om likt löpande band. Vi har skickat ner mer tält och matat på med boenden i så snabb takt som bara är möjligt. Fabriken som vi placerat på planeten går på full

kapacitet nu. Vi producerar nu egna stugor och boenden enligt arkitekternas och ingenjörernas anvisningar. De kommer ut i byggsatser som monteras upp i lite större bostadsområde. Det känns som om vi blivigt lite mer du och bror med solmånsbarnen.
-Marchus och jag hade starka funderingar på om det inte skulle fungera skjutsingens så mycket bättre om det fanns en belöningsaxel likt den vi har här på Terra Goova. Alla blir ju då ekonomiskt lika varandra. Ingen skulle ha ett större eller mindre ekonomiskt inflytande varken politiskt eller privat.
-Vi har redan diskuterat den frågan och det känns som om de börjat mjukna lite när de sett vad man kan åstadkomma med lite belöningar.
Vårt nuvarande system med crediter har ju varit extremt lyckat. Alla får 20 000crediter att handla för sedan är det ju upp till var och en att spara eller slösa. Sedan fylls det ju på med nya crediter varje månad eftersom du jobbar.

-Ja jag och Marchus har tyckt att det varit ett strålande koncept.
-Har du och Marchus lust att hänga med ner till planeten för en inspektion av hur arbetet fortskrider?
-Ja visst vi hänger på, hur dags ska vi vara redo?
-Tja de lastar en massa grejer just nu så säg om 3 timmar.
-Passar bra, då hinner vi käka innan vi far.
-Du Maria, det känns som om den skulle fungera den här assimilationen sa Marchus samtidigt som de gick till någon form av restaurang.
-Ja det känns mycket bättre nu än vad det har gjort tidigare.
-Kanske beror det på att vi bjudit lite på oss själva? Jag menar valt ut de styrande politikerna till att följa med upp hit till Terra Goova. Vi har visat att vi bara har goda avsikter med vår ankomst, att vi inte tänker utnyttja solmånsbarnen på något sätt utan vill behandla alla lika.
-Där Marchus där ligger en fin kinakrog ska vi hugga den?

-Ja varför inte, friterat fläsk i sötsur sås är ju inte så dumt.
-Eller biff med lök och bambusott. Mums.
-Jag kan inte riktigt förstå varför solmånsbarnen var så kritiska till ett belöningssystem. De har ju lagt all makt åt politikerna som verkar vara valda på livstid. Jag undrar vad de kommer att säga när vi vill ha val lite oftare kanske låt säga vart sjunde år?
-Jo de lever lite diktatoriskt och det känns som om de mer är präster än politiker. Vi tar varsin starköl till maten sedan vill jag ha biff med…
När allt var lastat och klart så for kosan iväg mot planeten igen.
-Ska vi inte fira vår återresa till planeten med något drickbart frågade Maria?
-Jovisst men vi har kabinpersonal på den här diplomatiska resan. Fröken ta upp våra gästers beställningar först, vi kan vänta lite med vår beställning.
Efter gästernas beställningar blivit upptagna så var det dags för Marchus att beställa, han ville han en stor öl och

Maria en halv flaska vitt vin. Jeannette som skulle hålla i hela paketet höll sig till mineralvatten.
När de anlänt till planeten så tackade alla för sig och de gick åt var sitt håll.
Ärligt nu Jeannette hur gick resan med diplomaterna frågade Marchus?
-Jo den gick bra, väldigt bra faktiskt. När de såg hur friktionsfritt och smidigt allt flöt och att vi inte hade några trashankar så tände de mer och mer på en belöningsaxel likt den vi har på Terra Goova.
-Kanske vi börjar närma oss något som skulle kunna kallas assimilation.
-Det har vi redan. Diplomaterna har skrivit under ett dekret om att vi är välkomna att flytta ner till planeten så snart det finns bostäder. Men solmånsbarnen ska få flytta in först och de är faktiskt inte så många till antalet som vi först trott utan de är nog cirkus 30 000st, många avled till följd av den brutaltkraftiga explosion som en atombomb utgör. Lägger man då till våra 30 000 invånare på Terra Goova så har

vi en mindre stad på 60 000 invånare. Så det vore bra om de gick med på vårt förslag om belöningsaxeln. Om de inte gör det så kommer de att bli utanför all service och affärerna kommer inte att kunna sälja något till dem. Men som det lät tidigare så är diplomaterna och politikerna helt inne på samma linje som vi.

De tre strosade runt lite och tittade på fabriken och kultiveringsmaskinerna som satte igång att luckra upp jorden så den skulle bli klar för sådd. De tog sig även en tur till ett av fältsjukhusen och det såg mycket bättre ut än vad det gjorde sist som Marchus och Maria var nere. Det var inte alls så många svårt skadade utan det var mer lindriga skador som krävde lite förband.

Vid byggarbetsplatsen så var det full aktivitet. Man hade redan rest de 10 000st husen som kom från Terra Goova. Man hade även rest 15 000st hus som var tillverkade i fabriken. Dessa 25 000st husen låg vackert belägna jämte en fors där man även hämtade dricksvattnet ifrån. Utav dessa 25 000st husen hade 20 000st gått till solmånsbarnen och 5 000st hade gått till de som arbetade på planeten. Man beräknade att man bör ha kommit upp i 60 000st bostäder inklusive flerfamiljshus inom någon vecka två på sin höjd.

Marchus och Maria kände sig nöjda med rundvandringen som kändes betydligt mer positiv än vad den första resan kändes. Det hade till och med börjat gro lite gräs. De pratade lite med byggansvarig ingenjör och frågade lite om hur det är på landsbygden?

-Jo, där kommer det att byggas upp små byar eller samhällen där bönderna som ska bruka marken och ha djurhållningen ska bo. Där ska även finnas plats för alla traktorer och maskiner.

-Ja marken verkar bördig sa Maria.

-Ja det är en mycket fin jordmån. Vi har tagit lite prover och längre söderut så är jorden väldigt kalkrik så där passar det ju perfekt med vinodling. Och det finns färskvatten i mängder på planeten och

som ni ser så har gräset redan börjat återhämtat sig… Livets kraft är urstarkt.
-Du Maria… Tror du vi människor och solmånsbarn är sexuellt kompatibla, jag menar tror du man kan få barn ihop och så?
-Jag vet inte tänkte du på något särskilt.
-Ja jag har sett en kvinna som är ett solmånsbarn och hon är så himla söt. Jag tänkte bara fråga eftersom du har en naturvetenskaplig utbildning.
-Ja, jag tror att vi är kompatibla så länge det är kärleken som är drivkraften.
-Tror du jag vågar prata med henne, eller skulle det bara vara plumpt?
-Du ska följa ditt hjärta. Det är aldrig fel att närma sig någon så länge intentionen är äkta.
-Nej vi måste dra vidare hej då, och lycka till.
-Tack hej.
-Vad han såg konstig ut, var han ledsen över något. Är det något som vi kan hjälpa till med.

-Det har jag redan hjort dumsnut. Fröet är sått nu väntar vi bara på att grodden ska gro.
-Vad menar du?
-Jo han har kärat ner sig i ett solmånsbarn och bad om lov till att närma sig henne.
-Jaha, ja så kan det ju också gå sa Marchus och fnissade till.
-Nej, vi har väl sett det vi ska se här nere eller vad tror du?
-Japp, ring upp Jeannette och cleara om det är okej att vi åker åter till Terra Goova med en av färjorna, någon bör ju vara färdiglastad med saker som ska upp till skeppet.
-Maria ringde till Jeannette och undrade om vi kunde ta en färja och forsla oss upp till Terra Goova.
-Det är okej bara den är färdig för avfärd så vi kan väl dra oss ner till färjeterminalen.
Maria ringde ner till terminalen och kollade om någon färja var klar för avgång inom den närmsta halvtimmen?

Droppteorin

-Jovisst det står en färja här redo att taxas ut, vi håller den tills ni ankommit.

Droppteorin

Kapitel 37

Allt problem känns plötsligt jättesmå i jämförelse mde Marias och Marcus kärlek

-Vet du vad jag vill göra när vi kommer hem?
-Nej vad då.
-duscha, fniss med dig.
-Fan det gick ju åt två hela flaskor duschcreme sist. Alltså vi fick knäskura golvet för hand. Fast det va ju ganska roligt. Ta mig tusan, det var värt knäskurningen. Fast det får bli lite senare i kväll för jag vill nog skriva en utförlig rapport om allt från det att diplomaterna anlände till Terra Goova, tills dess vi gjorde det här återbesöket till planeten. Låter lite skumt att hela tiden återge planeten för ”planeten”. Den måste ju ha ett namn som Merkurius, Saturnus eller Venus
-Du har rätt dumsnut, vi måste sätta projektet först och leka lite på fritiden. Tänk så långt vi har kommit och så mycket vi fått uträttat av det som vi på Tellus satte ut att göra.

Droppteorin

Vi har byggt ett skeppsvarv, testat motorerna, byggt ett gigantiskt moderskepp som vi döpte till Terra Goova, vi fann barriären till vår ”droppe”, vi tog oss igenom barriären och kom ut till den här droppen som det fanns intelligent liv i. Vi håller på med en assimilation som tycks gå strålande, trotts vårt misstag att bomba planeten tillbaka till stenåldern. Mycket har hänt och mycket måste dokumenteras.

-Du har rätt snuttan, och det är vårt jobb att göra det. Kanske att vi ska vänta med trevligheterna i duschen och i stället fokusera på vårt jobb, sa Marchus samtidigt som han kittlade Maria i sidan.

-Hi hi hi, du är så busig jämt dumsnut.

-Nja jag kan vara alvarlig också, som när du insjuknade på grund av rökningen av narkotika. Då blev jag riktigt rädd när den första medicinen inte gjorde någon nytta.

-Men den andra har ju fungerat riktigt bra, jag känner mig bara lite frusen ibland.

Droppteorin

De båda hoppade ombord på färjan och satte sig i sina säten. Den här gången var det Marchus som somnade och la sitt huvud mot Marias axel.
-Sov du min dumsnut jag väcker dig när det är 10minuter kvar.
Marchus sov hela vägen och vaknade inte föräns Maria strök honom i håret.
-God morgon sömntuta sa Maria.
-Mmuff, hur långt är det kvar, frågade en sömnig Marchus?
-Tja jag skulle tippa sisådär en tio minuter.
-Har du lust att se om det finns något mineralvatten eller läsk i minibaren. Munnen känns torr som ett lackmustpapper .
-Här ska vi se sparcling water, det tror jag ska duga åt min herre. Maria hällde upp ett glas åt sin blivande fästman, det var inte lång tid kvar nu tills ringarna var färdiga. Vad tycker du vi ska göra på vår förlovningsdag som är i övermorgon.
-Jag vill göra något speciellt, något annorlunda. Jag vet vi hyr en helikopter och flyger till en bergstopp där vi skålar

för framtiden och skriker ut vår förlovning så det ekar mellan bergen.

-Jag ringer och ser om det finns någon helikopter att hyra i övermorgon. Idén är fantastisk.

-Men nu när vi kommer hem, efter telefonsamtalet angående helikoptern och sammanställningen av rapporten, så vill jag helst bara sova.

-Om du fixar rapporten Maria så fixar jag med helikoptern

Kapitel 38

Förlovning, Bröllop Och en väldig massa jobb

Kvällen kom och Maria satt fortfarande och knåpade med rapporten. Hon använde laptoppen så hon kunde gå runt lite i huset och få ett litet avbräck men ändå ha datorn med sig.

Marchus hade precis blivigt klar med att hyra helikoptern och ordna med transporten ner till planeten och en skjuts till helikopterplattan.

-Jahopp då var det fixat med helikoptern, sa Marchus. Hur går det med rapporten Maria?

-Det går nog ganska bra, har väl kommit ungefär halvvägs. Jag har försökt att vara så noggrann jag kan, men nu är klockan halv tolv så kanske att vi ska gå och knyta oss. Gick det bra med helikoptern?

-Ja visst det var lite trixit att få hyra en helikopter med så kort varsel, men den är vår i 7 timmar. Piloten visste en mycket trevlig plats på hög höjd.

Hur tänker du om bröllopet Maria?

-Jo jag har alltid velat ha mitt bröllop i en kyrka med en präst som välsignar oss. Sedan hade det varit trevligt att inkvartera sig i en fin våning på något hotell. Jag tror att det i alla fall finns ett hotell här på Terra Goova och jag vet att det finns en kyrksal. Visserligen ingen 1700-tals kyrka men ändå något vackert. Och jag vill ha små rosenknippen fästa vid varje bänkradsknopp och sedan som avslutning en vacker klänning. Och du då vad har herrn tänkt ta på dig?
-Hrm, jo vi befinner oss ju i Spanien så en lite ljusare kostym med vit skjorta och en äkta sidenslipps är väl vad jag har tänkt mig. Om det är en kyrklig vigsel du vill ha min sköna så ska du få det. Kom nu min lilla prinsessa så går vi och knoppar.
De båda gick efter toalettbestyren upp och la sig. Maria som jobbat hårt med rapporten och som inte sov under färjeresan somnade nästan direkt. Marchus som somnade och sov nästan hela flygfärden och som inte alls hade ett så betungande jobb med helikoptern

kunde inte somna. När han väl slumrade till vaknade han lika fort igen av mardrömmar. Han beslutade sig för att gå upp och sätta på en kopp tee.
-Tänk att jag ska gifta mig igen, det blir två gånger i mitt liv. Men den här gången känns det äkta det känns varmt i hela kroppen. Lite störande är det dock att jag går och tänker på Maria även när det vore bra om jag kunde koncentrera mig på mitt jobb.
Fanken jag måste ju ha en bestman och det måste finnas två bröllopsvittnen också, Jeannette och Jan kanske kan ställa upp både som vittnen och bestman.
Tankarna bara yrde i Marchus huvud. Det är så mycket som händer så snabbt.
-Skulle ju kunna ta med mig Maria på en tårtbuffé någon dag i veckan, helst före bröllopet, så vi får prova ut en fin bröllopstårta. Maria är nog den som har mest känsla för det så jag litar på henne när det gäller valet av bröllopstårta.
Marchus kände att Jon Blund närmade sig och skyfflade stora skopor med grus i hans ögonvrår. Nej nu går jag upp och

gör ett nytt försök att sova. Han hann knappt till sängen förrän han sov. Knappt han somnade så vaknade han av ett ryck av allarmklockan. Oh, är hon sju redan mumlade en yrvaken Maria.
-Mmm, svarade en zombieliknande Marchus. Jag går och sätter på en kopp Java mumlade Marcus samtidigt som han tog på sig morgonrocken.
När Maria kommit ner för trapporna och de båda börjat med frukosten så frågade Maria som vanligt vad som stod till buds på programmet idag.
Marchus frågade om hon inte skulle skriva klart rapporten medans det ligger färskt i huvudet.
-Jovisst ska jag det, men vad ska du göra min älskling.
-Jag har fått lite material på mailen som Jeannette ville att jag skulle titta på.
-När fick du det? Igår sa du inget om det på hela dagen.
-Jag tror det var vid tre tiden i natt som det damp ner. Jag kunde inte sova så jag satt lite vid datorn.

-Herre jisses sover den människan aldrig.
-Ja sa Marchus med och flinade. Hon toppar onekligen ligan över arbetsnarkomaner ombord. Men hon bad mig titta på några kemiska beräkningar utifrån mitt screen analys program.
-Vad sa du att det hette sa du?
-Jo det är ett program jag har utvecklat så att datorn får givna variabler och gör sedan en analys av det simulerade testet. Testet körs sedan i en loop där det ändras lite åt gången framför varje simulerings loop. Sedan får man ett resultat då alla tänkbara och otänkbara variabler ändrats. Programmet är min egen uppfinning och jag har patent på det och Terra Goova Enterprice var för snåla för att köpa det. Därför skickas nästan alla simuleringar där variabelstorleken är okänd till mig för att köras i mitt simuleringsprogram. Det klirrar till lite i kassan varje gång någon använder det. Så det hade väl jag tänkt pula med det idag.
-Ska vi sitta med eller utan skärm?

-Kan vi inte vara lite wild and crazy och köra utan skärm idag?
-Det är taget, jag tänkte ändå sitta vid min laptop idag så jag kan gå runt lite i huset om jag så önskar.
-Jag måste ha lite kraftigare dator om jag ska köra screening programmet. Matteprocessorn är ett måste. Sen får vi väl hitta någonstans att käka lunch framåt tolvtiden.
-Det får vi väl ta när det närmar sig tolv tiden.
Klockan elva så var Marchus klar med sin screening och det kurrade bestämt i kistan. Marchus hade även tårtbuffén i bakhuvudet så han föreslog Maria om de inte kunde käka uppe i planetariet idag eftersom konditoriet som hade tårtorna låg våningen under.
-Jo visst kan vi det, sa Maria. De åt först en mycket lätt lunch i form av en vegetarisk sallad. Sedan åkte de ner en våning och provade sig fram i ett hav av tårtbitar. Maria och Marchus enades om en tårtbit och beställde en tårta i tre

våningar med en gubbe och gumma på toppen

Droppteorin

Kapitel 39

Maria och Marchus blev inkallade till ett stormöte med Jeannette, Jan, Maria, Marchus och diplomater från planeten. Diplomaterna hade bott en tid ombord Terra Goova och hade väl egentligen undringen om det skulle kunna vara möjligt att införa ett credit system likt det på Terra Goova då allt är så välordnat.
-Maria sa, ja det hela hänger på belöningsaxeln. Utan belöning så finns det ju ingen anledning att slita och släpa på ett arbete. Arbetet blir kanske inte roligare men det finns en anledning att utföra det.
-Kan ni hjälpa oss att införa ett system som ert creditsystem?
-Självklart kan vi det, om ni lovar att vi delar broderligt på marken nere på planeten.
-Det är ett löfte.
Sekreteraren fnattade iväg och kom snart tillbaka med ett tjusigt utformat dekret i mörk mocka pärm där båda parterna

lovade att Dela på all den samlade kunskapen samt att dela på marken nere på planeten, vad heter planeten undrade Maria.

-Den heter sol och månhalvans jord.

-Vilket vackert namn sa Maria, stillsamt.

-Då så var vi väl klara sa Jeannette. Ska vi åka ner till sol och månhalvans jord så vi får se det nya stadshuset och rådhuset. Sedan är era sol och månhalvans barn diplomatbostäder klara för inflyttning med alla bekvämligheter som ni har haft här på Terra Goova. En del av våra bostäder ska också vara färdiga.

Väl nere på planeten så tittade diplomaterna
storögt på de nya fina husen.

-Jaha ja då är det väl bara att välja ut ett hus som passar er familjesituation. Jag kan förstå att det största lyxigaste huset känns mest angeläget men tänk då tillbaka till Terra Goova, där var det inte pampigheten som var vikigast utan funktionaliteten.

Sedan har vi något lite oväntat dekret att komma med Vi människor vill gärna att

ni ska bevittna och njuta lite av VÅR tradition där man tar sin hustru i handen och lovar äkta trohet in i döden -8st brudtärnor och brudnäbbar Tog tag i Marias fingrar bakom ett skynke.
Jan släpade bort Marchus till andra änden av korridoren.
-Jaha du hur tusan har du tänkt nu?
-Vi vill viga dig nu Marchus som diplomat man och Maria som diplomat fru på livstid. Visst ni får fortfarande ägna er åt ert jobb, men ert plastkort kommer alltid att vara sprängfyllt med crediter. Det är vår lön till er för allt jobb ni utfört med så stor känsla, omsorg och omtänksamhet.

Assimilationen är fulländad
Tanken till Moses och stentavlorna är
inte helt utan liknelse
Vad som händer i framtiden är en helt
annan historia som inte kommer att
skildras i de här tre böckerna.

-
-
-

The End

-
-
-